A

nakamura fuminori

中村文則

河出書房新社

A

目次

A

糸杉

黒い髪の女性が左に曲がったので、僕も左に曲がる。

きっかけが何だったのか思い出せないが、こうしていると、気分が少しだけ楽になるように感じていた。少なくとも、何かと関わっている、と思えるからかもしれない。背の高い女性の後ろ姿を見つめながら、僕は優しさや愛情に似た何かを覚えている。寂しさがまぎれる、と言えばどうしようもないが、恥もなくそのような言葉を自分に許すほど、今の僕の意識は際限がない。

女性は歌舞伎町の人混みの中を歩いている。新宿の昼の二時。彼女との距離を、七メートルほどに保つ。彼女の身体《からだ》の動き、何かを探るように内股で歩く足や伸びた背中を見ていると、次第にここには僕と彼女しかいないように思えてくる。他には何もない。僕と彼女の後ろ姿を結ぶ一つの線、いや、線というか、身体の幅と同じ幅の道だけがあり、僕と彼女は、この距離を保ったままどこまでも歩き続ける。辺りが静かになっていく。僕と彼女のこの幅の道だけが周囲から浮き出してくる。僕と彼女は、その疎外された場所でより親密になっていく。

次第に僕の精神は性的なものに包まれていく。次第に、と言ったが、きっと初めからこの行為には性的なものが含まれている。

彼女はコンビニエンス・ストアがある角を左に曲がり、信号で足を止める。僕も同じく角を左に曲がり、足を止めた。彼女の後ろ姿を見つめ続ける。僕の中に生まれようとする抵抗をほどき、意識を解放していく。その身体の曲線が、風景から際立ってくる。僕の内部が、彼女の輪郭に溶けていく。何かの宣告のように信号が変わり、彼女が歩き始め、僕も歩き始める。距離を少しずつ詰めていく。僕と彼女は、ずっと一緒にいたのだと思う。ずっと、こうやって、僕達はい続けていたのだと。彼女の輪郭に近づいていく。彼女の身体が、体温が、すぐ近くまできている。実体が、すぐ側に。息を飲み、僕は足の速度を緩める。緩めたのが先か、音が先かわからないが、アスファルトに溜まるわずかな砂利が、靴の底でノイズを起こしている。遠のいていく、彼女の実体が。彼女は携帯電話を取り出し、画面を見始める。何も見る必要などないはずなのに。僕は彼女のことは何でも知っているように感じている。見る必要もないのに、見るのはやめた方がいい。僕は彼女に話しかける。何かのメールが来てるか確かめてるのだろうけど、別にそんなものは、見たくはないんだから。君は周囲に、日常の世界に一時的に背を向けるために、携帯電話の画面を見ているだけだから。君は今からこの店の入口に入っていくんだろう？　それで、君は──。

思っていると、彼女は本当に立ち止まり、隠れるように、その入口に入っていく。風俗店の看板。後をつけようと思う相手は、大抵こういう店に入っていく。

なぜだろう？　僕が彼女を追ったのではなく、彼女が僕に追わせたように感じる。そんなはずはないのに。彼女は何かをまとっていたのだろうか。これから、大勢の男に抱かれる女性がまとう何かを。彼女の黒髪だけが空中にわずかに残り、細く円を描きながら消えたように思えた。彼女が気づかなくてよかった、と僕は思っている。後ろに常に男がいたと知ったら、気味が悪くて仕方ないだろうから。僕は彼女が消えたことで、寂しさを感じる。街の風景が、また僕に迫ってくる。周囲の空気が縮み込む気配を覚える。街が震える。不安を覚えた街が、誰かを無造作に選ぼうとする。街に絞め殺されていく。僕は視線を動かし、次の女性を探す。それほど後をつけたくない女性に目をつけ、後をつけたくなる女性が出現するまでの繋ぎにする。目の前の彼女は茶色い髪の、露出の多い女だ。肌色の足が肉感を主張しながら伸び、腰の辺りが滑らかにしまっている。なのに、少しの魅力も感じない。

ゴッホの《糸杉》を初めて見たのは、学校での美術の時間だった。

その時は、気味の悪い絵だ、と思った程度だった。縦長のキャンバスに、巨大な二本の糸杉。下に草の群れ、空に三日月。背景に雲や山のようなものも描かれている。どれもが、奇妙に歪んでいる。まるで全てが動いているかのように。僕はその絵をぼんやりと見、本を閉じた。閉じた瞬間、何かの抵抗を感じたようにも思った。つまらないクラスメイトのつまらない言葉に、あの時の僕は笑顔で何か言った気がする。続いて運動場を見ただろうか。その程度の記憶。

大学を卒業してしばらく経ち、当時付き合っていた女性と行った美術館で、二度目の《糸杉》を見た。ゴッホ展ではなく、何か現代の画家の展覧会。見たのは実際の絵ではなく、その売店にあったポストカードだった。僕はしばらく見惚れ、見惚れる自分を悟られないように、別のポストカードを指でつかんだ。別のポストカードをつかまされた僕の指が、少し冷えていく。疎外され悲しみを覚えたように。伏し目がちだった彼女の長い睫毛を、ぼんやり見ていた。彼女はまだ高校生だった。自分の存在により、彼女の貴重な時間が奪われている。そう思っていた。彼女は家にあまり帰らず、学校にもほとんど行かず、僕の側にばかりいた。彼女の喘ぐ声は、なぜかいつも切実な響きを含んでいた。彼女の人生が、僕に侵食されている。彼女の身体の中でまだ無事なのは、この睫毛だけではないかとなぜか思っていた。

今目の前に《糸杉》がある。ニューヨークのメトロポリタン美術館にあるはずの絵。上野の美術館で開催されている〝メトロポリタン美術館展〟。《糸杉》がここに来ている。僕はほぼ毎日、上野にこの絵を見に来ている。

あれから女性の後をつけなくなったのは、ここへ足を運ぶようになったからかもしれない。あの暗い習慣は元々長いものではなく、三ヶ月の失業保険が切れ、仕事のないまま四ヶ月目に入ろうとした頃からの行為だった。上野駅に来るまで幾人もの女性を見たが、性的な魅力は当然感じるものの、後をつけたいと思う気持ちは動かなかった。今日もここに来るまで、誰の後も追っていない。

目の前の《糸杉》は、僕を圧倒する。WEBの画像やポストカード、カラーコピーとは明らかに別物としてそこにあった。浮き出るようだ、と思う。いや、それは実際にゴッホの奇抜な筆、肉厚の絵の具のうねりにより、物理的にも浮き出ている。

全てがうねり、動き出しているのに、生命力が感じられない。生命力ではない、別の力によってこの糸杉は動いているかのように。一番恐ろしいのは、その糸杉の中だった。葉の茂りの奥に、何かがある。花びらの落ちたひまわりの中味を見ようとした画家は、糸杉のうねりだけでなく、さらにその奥にまで視線を送り続けている。奥に何かがあるのだ。プツプツとした何かが。もう糸杉ではない何かが。これはもう芸術ではないのではないか、と僕は思う。階下のミレーの麦穂の絵を意識しながら、余計に思う。《糸杉》はまるで、芸術である範囲を超え、何か奇怪な現象となっているかのように。もしかしたら、それが本当の芸術なのだろうか。

世界が、このように見えるようになったら。世界の中にあるこういう部分に意識が開くようになったら。その人間はもう長くはないのではないだろうか。実際この絵の一年後、ゴッホは自殺する。僕と《糸杉》の他の、全てが消えようとする。僕と《糸杉》の間の二メートルほどの幅の他に、何も見えなくなる。なぜ僕はここにいるのだろう？　いや、そうではない。なぜ以前までの僕は、ここにいなかったのだろう？　ゴッホが死んだのは三十七。僕はまだ二年ある。

鼓動が速くなる。なぜか10分も見ることができない。毎日来ている習慣から、この絵の前に立ち、10分以上過してはならないのではないかと思っていた。今は7分。あと3分。狂いたくはない。憂鬱の中に沈殿するのならまだいい。その先には明確な恐怖があった。その明確な恐怖は、人生のあらゆる恐怖よりも恐ろしいものだった。なぜなら、それは論理だから。全く間違っているはずの論理が、論理であるがゆえに、捨てることができなくなるから。糸杉が揺れ、中のものが滲み出ようとする。僕はしかし、この場にまだいようとする。一日のうち、この場にいない全ての時間が無駄であると思うくらいに。僕と《糸杉》以外、この場所には何もない。僕達はこの場から浮き出している。

あまりにも長く立ち止まり過ぎている。意識の隅で、視界の隅で、僕をやや不審げに見ている客達をとらえる。でも僕は動こうとしない。どう思われ、どう見られてもいいと感じている。今の僕の意識は際限がない。

夜、夢に《糸杉》が現れるまで、それほど時間はかからなかった。夢の中で糸杉は、別に動いたりもせず、ただ絵として、そこにあった。夢の中で僕は、大量に買った糸杉のポストカードを、部屋にばらまいている。糸杉だらけになる、僕の狭い部屋が。糸杉が乱れ飛ぶ。幾枚も幾枚も、無機質に舞い続けていく。音のない花火のように、中心から外へ。

このようなことは終わりにしなければならない。上野の美術館前の喫煙所のベンチに座り、ぼんやりそう思い始めていた。さっきまで、僕は自分の指の傷に囚われていたから。歩道にはみ出していた細く汚い木の枝に引っ掛け、痛みと共に生まれた指の傷。この指は放っておいていいはずなのに、万が一、何かの菌やウイルスに侵食されていたらと考え始めていたから。その枝は、何か粘りのある黒っぽい液体で濡れていた。菌やウイルスなどあるはずはないが、可能性はゼロでない。これは論理だ。可能性としてゼロではない物事に、人間は囲まれている。自動車が突然曲がってきたら。目の前で首をかいている人間が、伝染する何かの皮膚病だとしたら。無視しなければならない、取るに足らないはずの論理が、中央に侵食してくる。自分の正常が脇にそれていき、論理が、でも論理であるから無視できないものが、中央に集まってくる。恐怖だ。自分が変えられていく恐怖。病院に行く自分を想像している。ええ、枝で怪我を。何かのウイルスに感染してるかもしれないんです。僕は小声で、医者の耳元でささやくかもしれない。いや、違うんですよ、ええ、僕は正常です、だって、今の自分が、少しだけ異常とわかってますから、ちゃんと正常です。僕も、あなた側の人間ですよ。でも、でもですよ、ちょっとだけ検査を。何の検査でしょうね、あれ、どうすればいいんでしょうね、何の検査でしょう?

働けばいい、と思い始めていた。あまりにも一人でい続けている。しかも何かから外れていくことを、自分に許している。意識に際限もなく。何かの仕事をすれば、僕はまた日々に乗れるだろう。人の後をつけていたのも、《糸杉》を頻繁に見に来ているのも、異常といえば異常だが、まだ誰にも知られていない。余りある時間の中で、他者と接しない時間の中で、何かの層につかまれている。波を描くように浮上していけば、僕はもうこの層を記憶とするだろう。あの頃は少しやばかった、というように。

周囲に目を向ける。たとえば、遠くを駆けて行く子供が着ている服の黄色。より添って歩く老夫婦の夫人が着ている、ブラウスの白。「今」を意識する。地面についている足の裏の感触、匂い、温度、風景。視界が少しだけひらけていく。何の仕事でもいい。ひとまず、金を。

最後にもう一度《糸杉》を見ようと、なぜ浮かんだのだろう。このまま帰ればいいのに。このまま帰ればいいのにと思っているのに、なぜ僕はやはり最後にもう一度と思っているのだろう。最後に、というところが、僕のブレーキを緩める。最後だから。これで終わりだから。

受付を通り、他の絵を全く見ないのも不自然なので、何気なくというように眺めながら、《糸杉》の場所へ歩く。僕はその余裕に、自分で満足していた。風景画のカテゴリーとして、《糸杉》は飾られている。《風景》。それはそうだろう。《糸杉》は《風景》だ。僕は《糸杉》のあるフロアへ出る。

鼓動が徐々に速くなり、目を逸らすことができなくなっていた。《糸杉》の前に、こちらに背を向けた女性がいる。

赤いタートルネックのセーターに、青のジーンズ。三十代くらいだろうか。《糸杉》の前で、じっと動かない。身体のラインに、服がピタリと張りついている。肩までの黒い髪。僕はその背後に立つ。

僕と彼女と《糸杉》の他に、何も見えなくなる。数メートル、この空間の他には何も。辺りが静かになっていく。僕の内部の何かが、彼女の身体の輪郭と入り交ざり、《糸杉》へ溶けていく。息を飲む。性的な感覚に覆われる。まるで彼女と共にこの絵に吸い込まれていくように。僕の狂気を《糸杉》が許す。他の全てのものから認められないことを、《糸杉》は許す。これほどまでの他者の優しさを、僕はこれまで感じたことが？　彼女が動き出す。他の絵を見るために。《糸杉》にしばらく視線を向け、僕も動き出す。彼女の背後へ。

どのような速度を取っても、周囲からは、絵を見てると思われるだろう。彼女に愛情を感じている。これほどに、後をつけたいと思った女性はなかったように感じている。顔は見ていない。でも、なぜか、それはどうでもいいことのように思える。

彼女は、他の絵の前で、長く立ち止まらない。《糸杉》の時だけだ。君はまとってるんだ、と僕は話しかける。僕のような人間を寄せるものを。

彼女が美術館を出て行く。僕は彼女の後をつけ続ける。彼女は一度も振り返らない。まるで僕の全てをわかってるかのように。君はこれから、幾人もの男に抱かれにいく。幾人もの男に身を任せ、その永遠のリレーの、男達のバトンのようになるのだろう？　君はその無数の男達の身体の流れの中に、その層の中にいるのだから。彼女はカフェの前を通り過ぎ、信号で止まり、また歩き出す。携帯電話は見ない。狭いドアを開け、入っていく。風俗店の看板。あんな地味な服の女性が、美術館の帰りに、出勤していくなんて。彼女はどのような女だろう。彼女は――。

でも僕は酷く驚くこともせず、その場に立ち止まり、近くの自動販売機で紅茶を買う。紅茶は温かいはずだが、何も感じない。味さえない。タバコを吸い、紅茶を飲み終わり、僕はその店へ入っていく。ピンクの狭い待合室で、タキシードの男がいる。顔がよく見えない。男は何かを言い、僕にアルバムを渡す。彼女の顔を初めて見る。美しい。それほど多くない写真の中で、すぐにわかった。あの後ろ姿はこの彼女だった。

部屋に激しい音楽が流れている。ボーカリストの苦しげな声が響く。

狭い廊下を歩かされ、タキシードの男がドアを開けた。彼女がいる。ひざまずいている。実際は土下座するように迎えているのだが、まるで何かに祈るように。見上げた彼女と目が合う。部屋のピンクの照明が彼女を照らす。彼女は気がついただろうか？　僕であることを。

「……若い、人？」

彼女の声は細く、奇麗だった。

「いや……、なぜ？」

「そうですか、何か、若く見えます」

意味のない会話をしながら、彼女が僕の服を脱がしていく。彼女は美術館で想像したより、さっきのアルバムの写真より美しい。なのに、僕は急速に興味を失っていく。

「シャワー、熱くないですか」

急速に興味を失っていく。ここが風俗だからではないのだろう、と僕は思っている。彼女には、きちんと性的な魅力を覚えている。彼女が洗面器を出し、透明の液体を中に入れ、お湯を混ぜていく。

「そんなことはいいよ」

僕は言い、彼女の身体に腕を回す。彼女の身体に舌を這わせ、倒す。僕は性的な魅力を彼女に感じている。さらに興味を失っていく。


夜のカフェ。鼓動が乱れているのは、何杯もコーヒーを飲んだからだろうか。さっきの風俗店の向いの雑居ビル。ここは3階。

大きな物音に驚き、ウエイトレスがコップを置いた些細な音と気づく。僕はさっきまでの自分を思い出していた。上に乗る彼女を冷静に見ていた自分の腕。彼女の悲しげな声。

シャワーの温度。悲しげであるのに、確かに酷く感じていた彼女の細い身体。湯気の白い煙。不安を感じた時、ドアが開く。彼女ではない。短いスカートをはいた女。何の魅力も感じない。

カフェを出、駅の方角へ向かう。動悸はまだ乱れている。無数の通行人、無数の他人。その服の色がチカチカと目に痛かった。向かいの道路に、彼女がいた。彼女が駅を使って帰るのなら、あの店からなら、必ずこの道を通る。もしかしたら、自分は待っていたのかもしれない。正面の横断歩道を、こちらに向かってくる。僕が声をかけたら、軽く挨拶くらいするだろうか。興味を失っていく。

目を伏せ、彼女のすぐ脇を通り過ぎる。振り返ると、彼女は速くもなく、遅くもない速度で歩いている。僕はその場で立ち止まっていた。鼓動がまた速くなっている。僕は方角を変え、彼女の後を歩いた。

僕と彼女の身体の幅だけが、周囲から浮き出していく。彼女とはさっき寝たはずなのに。僕は不安になる。彼女の身体は、全て見たはずなのに。その内部の感触も、されている時、僕にしがみついていた彼女の表情も。

彼女の背中、その赤いセーターの右肩の辺りが、少しずつぼやけ始める。赤い繊維が、渦を巻いている。糸杉、と思った時、彼女は細い路地に入っていく。駅に行くのではないのだろうか。僕も路地に入っていく。街が僕を見ている。

彼女の右肩が、渦を巻いている。僕は見つけているのだろうか。彼女の中にある糸杉を。僕の中にある糸杉を。彼女の身体の輪郭に、その渦に、自分が溶けていく。僕は歩く速度を速める。視界が狭くなっていく。細く暗い路地。周囲に人はいない。僕は糸杉に手を伸ばす。僕はこのために仕事をやめ、自分の意識の際限をなくしたのだと思っていた。息を飲む。予感を感じる。彼女の右肩をつかむ。街が僕を見ている。

「振り向いたらいけない」

僕は彼女に言う。

「振り向いたら、君は誰かになってしまう。僕達が欲しいのは誰かじゃない」

僕は彼女の身体に自分の身体をつける。首に手を巻きつける。彼女は僕に、見つけられてしまったのだと思っていた。彼女の輪郭が、僕の輪郭に接している。糸杉がある。彼女の中に。

「ジーンズを脱いでくれないだろうか」

彼女がジーンズを脱いだ時、僕は彼女にそのまま入れようとするのかもしれない。彼女ではない彼女の中に。僕は背後から彼女ではない彼女の身体にふれ、溶けていく。僕ではない僕の輪郭と彼女ではない彼女の輪郭が曖昧になっていく。拒否しようと喘ぐ、涙のように濡れた筋肉の圧力を越え、強く粘液に挟まれる。糸杉の中に。糸杉が悲しみの中で葉をほぐし、睫毛を伏せ受け入れようとする。長く続き過ぎた孤独の中で。僕達は繰り返す。彼女からまた別の彼女に。リレーみたいに。彼女達が死に、僕達が死ぬまで。彼女の首を静かに絞めていく。渦を巻く。全てが。

「ジーンズを」

もう一度言おうとした時、彼女が振り向く。脱ぐわけはないから。そして僕も、力ずくでするつもりなどないから。僕の想像は終わり、僕の内面が急速に消えていく。初めからわかっている。その領域に行くには、僕はまだ孤独が足りない。糸杉は消えている。糸杉に類似した何かも。僕の内面はまだ日常の枠を出ない。日常の輪郭の中で、閉じている。だからこそ、フライングをしている。僕は周囲を気にし始めている。恐怖すらも感じている。卑俗な日常に対して。

早く彼女が叫び出し、この暗がりに誰かを呼べばいいと思っていた。僕は誰に対しても、初めからこんなことはしたくないのだから。糸杉は消えている。街が僕を見ている。

嘔吐

口から、白いものが出た。

違和感を覚え、洗面所で口を開けた時だった。白いものは、狭い排水溝につっかえ、ヒクヒクと動いている。ああこれか、と思いながら、僕は蛇口をひねろうとし、手を止めた。僕のその動きは、どこか演技めいていた。

白いものは、僕の中へ戻ろうとし、排水溝の中へ落ちていこうとし、その相反する意志ですするすると、長くなった。僕はその長さを見ながら、蛇口をひねった。自分のその行動の根拠を明確にできないまま、僕の手は動いていた。水圧で押され、白いものは、溝の底へ落ちる。水道から流れる水は静かに弾け、水を受ける洗面台の表面に水滴をつくっている。水が弾ける度に水滴は増えていき、少しずつ、その全体が自分に近づいているように思う。流れたままの水を見ながら、手を洗った。

顔を上げ鏡を見た時、自分を見守る妻の姿に気づいた。いつからか、背後にいたことになる。驚きを抑え、妻を安心させるため、僕は笑顔をつくる。妻は目を大きく開き、鏡越しにこちらをじっと見ている。

——明日、資源物だから。

妻は、しかし何事も気づかなかったように言った。目も、大きく開いていない。

——うん。玄関に置いて。

——ありがとう。

自分の部屋に戻ろうとする妻を、僕は呼び止める。空気がふれる首元に、生ぬるい温度を感じた。

——ゴミは、一回一回俺に言わなくても、玄関に置いておけばいいよ。会社に行くついでだから。

——うん。

換気扇が、静かに動いている。

——でも、あなたと話せるから。

——なんだよそれ。

僕は穏やかに、上手く笑った。妻は唇を力なく緩ませ、静かに、自分の部屋に戻ろうとした。彼女の痩せた肩の窪みに、小さな影が溜まっている。妻は、その影をそのままにしながら、狭い廊下を動いていく。妻は何も言わないが、自分がしばらく、妻にふれていないことに気づいた。三ヶ月か、もしかしたら、四ヶ月かもしれない。

僕は自分の部屋に戻り、ドアを閉めた。銀色の、金属のドアのノブ。握った自分の手が、他人の手のようでぎこちなかった。椅子に座り、会社の後輩の女性から渡されたCDを、プレイヤーにセットした。イギリスの、初めて聞く名のインディー・バンド。ボーカルの声以外は、不快でなかった。《ボーカルの声がよかった》。しかし明日、自分はそう言うだろうと思った。眠りそうになり、心臓の鼓動で目が覚め、妻の部屋に向かうためドアノブにふれた。手の違和感は治まっている。

細く力のない雨が、微かな風に動かされている。

マンションの階段を下りながら、外で傘をさすか迷う。恐らく傘をささなくても、駅に着くまでにスーツが湿る程度。階段を下り、マンションの出口のトビラを開けると、一匹のセミが死んでいる。土の上にではなく、出入り口のトビラから続く、駐車場と繋がる白いコンクリートの地面だった。辺りに木はない。死ぬ場所を間違えたセミは、仰向けになっている。死んでいるのに、全ての足を折り曲げ、自分のやわらかな腹部を守ろうとしている。セミから視線を逸らし、避けて歩く。それとも、セミは故意にこの場所を選んだのかもしれない。他人の敷地に入り、自分の恥の動きと苦痛と終わりを、見せようとしたのかもしれない。悪意かサービスか、どちらかの理由によって。

歩きながら、傘をさした。雨は強くなる気配も、弱くなる気配もなかった。細い路地を抜け、線路沿いの道路に出る。道路の反対側のフェンスの向こうを、急行の電車が無造作に通り過ぎていく。電車の音は強く響き、これでは後ろからの自動車の音がわからないと思いながら、道路を斜めに横切った。徐行の標識の角を右に曲がると、もう駅が見える。

ホームには、人の姿が疎らだった。通勤ラッシュには、まだ早い時間。ホームのアスファルトの地面を見ながら、一歩前に出る。細かな雨はまだ降っている。雨か汗かわからない水分で首筋が濡れている。首筋の水分は襟元の隙間を舐めるように、シャツの中に入り込んでくる。僕はもう一歩前に出ながら、頭上の錆びたスピーカーが気になった。あれは声が出るものだと思いながら、もう一歩前に出る。スピーカーは鉄でできていて、外は雨が降っている。列車が到着するアナウンスが流れ、視線を前に戻し、濡れた線路の鉄の表面を見、僕はもう一歩前に出る。腕に痺れを感じ、濡れているのは汗のせいと思う。線路の鉄も濡れている。僕はまた微かに足を前に出し、また前に出した。手を動かし、ビジネスバッグを強く握り直した時、振り返った。

老人が、すぐ後ろに立っていた。僕は驚いたが、老人も驚いていた。彼の淀んだ視線と、自分の視線が正確に一致しているように思う。僕の動揺が彼に伝わったのか、彼の動揺が僕に伝わるのかわからなかった。老人は前に向けた手を、僕の目を見ながら、静かに戻した。その手は僕の背中に向けられていた。押そうとしていたようでもあり、引きとめようとしていたようでもあった。なぜか密林を這う痩せた兵士を目の裏に見た時、列車がホームに入った。

電車のドアが開き、僕は車両に乗る。だが、老人は乗る素振《そぶ》りを見せなかった。逃げていく僕を羨むように、その場で立っている。ドアが閉まり、電車が走り始める。「普通」しか停車しないこのホームで、電車を見送る理由はなかった。

車内の冷房が効き過ぎ、身体が冷えてくる。僕と一緒に電車に乗り、隣でドアにもたれた女性に、僕は視線を向ける。老人を確認したい不安が、微かにさわぐ。僕は小さく息を吸い、身体《からだ》が浮くような感覚の中で、女性に向き直る。

——大丈夫でしたか？

僕の声に、女性が顔を上げた。近くの乗客の何人かが、視線を向けている。

——さっき、お年寄りがいましたよね？

——……え？　……チェックの？

記憶の中の老人も、チェックのシャツを着ている。女性は、驚いた表情を崩していない。

――さっき、あなたに何か言っていたから。

――……え？

――何かトラブルでも……？

僕は、自分が真新しいスーツを着、髪も整えているのを意識した。

――いや、え？　……何か言ってたんですか？

僕は微笑む。

――聞き取れなかったですが、何かあったなら、駅員さんに僕から言いましょうか？

――いえ、大丈夫です。……その、すみません……、なんというか……。

僕の吐いた嘘が、解決もなく、宙に浮かぶ。女性はドアにもたれ目を伏せ、何かを考えている。

会社に着くと、いつも二人いる受付の女性が、一人足りなかった。誰もいない椅子があり、それが黄色いことを初めて知ったように思う。緑の観葉植物が、静けさの中で照明の光を反射している。その葉の先は鋭く、何かを裂くようで、ふれる空気が微かに緊張している。フロアの隅に来客用の黒いソファがあり、低いテーブルがある。少し静か過ぎるように思いながら、僕はまた黄色い椅子を見た。

後ろから伊藤が僕の横に並び、挨拶をする。僕は自分が挨拶を返したろうかと思ったが、彼は話し始めている。

——エリア・マネージャーが、西崎さんになったらしいです。

彼は手に持ったペットボトルの蓋を開け、なぜかまた閉めた。なぜ閉めるのか、僕は彼の細い指先を見る。エレベーターが開き、僕と彼は中に入った。

——信じられますか。突然の人事ですよ。斎藤さんはどうなるんです。

彼はまだ、ペットボトルの蓋を動かしている。

——意味がわからないです。斎藤さんは退職の噂があるし。……あの、ヤマニシさん？

彼が、何かを見つけたように、僕を見ている。

——……何？

——エリア・マネージャーが、斎藤さんから西崎さんに代わったんです。酷いニュースじゃないですか。

僕は静かに息を吸った。

——ヤマニシさんだって、斎藤さんにお世話になってた。僕だってそうです。あんないい上司はいなかった。そうでしょう？ ……これで全部ダメになるかもしれない。噂ですが西崎さんは――。

――だけど。

僕は微笑む。

――あまり詮索はよくないよ。……自分の心配事の範囲は、目の届く範囲に限定した方がいい。そうじゃないと身体がもたない。

――……え？　だってヤマニシさんは、斎藤さんだから頑張れるって。

息がもれていくようで、疲れていく。僕はどうすればいいか迷い、また微笑みながら頷いた。

太陽が隣のビルで見えなくなり、フロアに影が伸びている。このフロアは一日に一度、隣接するビルでこういう影が伸びる。伊藤はどこにいったのか、もう姿が見えない。隣のデスクの後輩の女性が、真剣にパソコンの画面を見ている。だがその画面は荻窪の店舗のドリンク売り上げの推移グラフであり、真剣に見る類のものでなかった。彼女は僕が来たことに気づかないように、いつまでも画面を見ている。

――借りたＣＤだけど。

僕が声をかけると、彼女は振り返った。

――ボーカルの声がよかったよ。

——はい。
彼女は笑みを浮かべる。
——わたしも声が好きなんです。気に入ってくれたなら嬉しいです。
彼女は別に、あの声など好きではないのだと思う。
——CDのお礼に、何か奢ろうか。
フロアの四角い影が、パソコンのキーボードに伸びている。
——いいんですか？
——ん。何か最近、忙しいし。気晴らしついでに。
彼女の笑みが、少しだけ美しく見える。このビルの影のせいかもしれない。

電車に乗り、今朝の老人を乗客の中に見つけ、錯覚と気づいた。似た人間を見たわけではなく、乗客の赤い服のしわの中に、彼の姿を見たように思ったのだった。降りる駅がアナウンスされ、ドアが開く。目の前のスーツを着た女性の首が、少し細過ぎるように思う。誰かが強く握れば、この首は曲がりながら折れるだろう。改札を通り、駅前のコンビニエンス・ストアに入った。客の姿はなく、髪を茶色く染めたアルバイトの女が、いらっしゃいませと小さく言った。

――オーナーは？

　僕が聞くと、彼女は眉を微かにひそめ、すぐ脇にある事務所のドアをノックした。彼女をこれまで見たことはなく、当然のことながら、彼女は僕を知らなかった。

　オーナーは僕を見ると、不愉快そうに目を細め事務所に招いた。机には返本の成人雑誌が置かれ、狭い室内は煙草の匂いがする。彼の脱ぎ捨てた店のユニフォームが、死んだ犬のように、無造作に椅子に投げられている。

――たまらんね、目の前だから。

　オーナーは太った指でこめかみをかいた。染めたばかりとわかる髪の黒に、蛍光灯の光が映っている。

――あの土地はうちが買わなきゃいかんかった。駐車場にでもするべきだった。……そんな金はないけど。

　僕はオーナーに合わせるように、顔を微かにしかめた。太り過ぎたのか、彼の指輪が薬指に食い込んでいる。

――売り上げはいきなり減ったよ。あんたもその件で来たんだろ。でも仕方ない。何せあっちは××だから。……××の店舗が目の前にできたら、仕方ないじゃないか。いくら業界全体の売り上げが頭打ちだからって、こうもあからさまに潰し合いをされたんじゃ……。

机の上の成人雑誌の女が、胸を出して微笑んでいる。その雑誌の上に置かれて女性と重なる、店のボールペンの先が鋭い。

――結局被害をこうむるのは、うちら加盟店じゃないか。そうだろう？　売り上げだって、お前さん達に半分も持っていかれるんだから。でも、これくらいで済んでるのは、私が元々煙草と酒の免許を持っていたからじゃないか。だから、おたくさんのようにテレビCMもろくにない会社名を掲げていても、やっていけるんだ……。あと、この間の新商品の弁当、あれはいかんよ。有名人を使うにしろ、彼が料理が上手いなんて聞いたことない。廃棄の山だ。

僕は頷く。

――現場で働いたことは？

――……研修店で。直営店でもあります。

――ふうん。商売の基本もわかっとらん顔だけどな。私が酒屋だった頃は……。

僕は頷く。

――アルバイトに何か言いたそうだね。でもね、もうこの店を終わらせたってうちはいいんだよ。あの子はうちの娘だ。会社が傾いて、いきなりクビだよ。私はあの子が不憫でならない。あの子の声が小さいなら、代わりにあんたが言ったらいいだろう。『いらっしゃいませこんにちは』言ったらいいじゃないか。『いらっしゃいませこんにちは』『いらっしゃいませこんにちは』『いらっしゃいませこんにちは』

一緒に帰って誤解をうけてもあれだから、終わったらメールして、『ドラクロ』で待ち合わせよう。店を出て、後輩の彼女にそうメールを打った。彼女からは、絵文字の入ったメールが返ってくる。

僕は、オーナーの指にはまり、抜けられなくなった気の毒な指輪を思い、息を吐いて笑った。電車を乗り継いで、次の店舗に向かう。

外はまだ細かい雨が降っている。これでは家に帰る頃もやんでいないだろう。窓から見下ろすと、傘をさす人間が疎らに歩いている。店内は混み、カウンターの客の男が椅子にもたれ過ぎ、その傾いた椅子の尖った足が、軽く浮いている。僕は、静かに息を呑む。彼の後ろの水槽が、彼を待っている。水槽のガラスには鋭さが隠れ、彼を軽く押せば、あの丸い頭部は後ろのガラスで裂けるだろう。鼓動が早くなり、視界が狭く、熱を帯びたように、ぼんやりとする。その緊張から目を逸らし、隣の男女が不意に笑った時、後輩の彼女が店内に入る。

口紅のせいか、唇が微かに濡れているように見える。彼女は笑顔を向け、僕も笑顔を見せる。彼女は天候について話し、周ってきた店舗のオーナーや、店長やアルバイトの態度を嘆き、今日は飲みますとまた笑顔を見せた。

――でも、研修店にいた頃よりはいいです。

会社から離れた彼女は、よくしゃべった。

――研修店は、これから加盟店をやる人達が、ぞろぞろやって来るじゃないですか。うちのあの同じユニフォーム着て、実際にお客さんを相手にして。家族で始める人達は、家族ごと来るし……。借金をして店を始めるんだから、みんな必死ですよね。必死で、あのユニフォームを着るんです。なんというか……わかります？

僕は頷く。

――お客さんも驚きますよね。あんなに大勢で、色んな年齢のクルーに『いらっしゃいませこんにちは』って言われたら……。誰もあんなこと言いたくないし、お客さんだって聞きたくない。

――しかも、俺達も教えたくない。

彼女は笑った。

――そういえば、エリア・マネージャー、あ、もう元か……、斎藤さんは、入院したらしいですね。

テーブルの上のキャンドルの火が、微かに揺れた。

——……降格が、先？

——……わからないんです。でも、入院が先のように思います。何かの事故にあったとか、どうとか……、酷いみたいです。

鼓動が、早くなっていく。

——ヤマニシさんも、斎藤さんに本当に良くしてもらっていたし、私だってそうだし……残念です。


食事を終え、軽くカクテルを飲み、店を出た。やはりまだ雨が降っている。駅が近づくにつれ、彼女の口数は減った。傘をさす人間達が、もがくように歩いている。目の前の白い傘を見ながら、僕は小さく息を吸った。

——年齢を重ねれば、強くなると思ってたよ。

彼女が、不思議そうに僕を見ている。

——でも、逆だってことに気づいた。……三十を超えてこうなんだから、先が思いやられる。

駅が近づくにつれ、辺りが明るくなっていく。

――頭の中で整理をして、乗り越えたと思ったら、身体にきてるんだ。……身体が痛くなって病院に行っても異常がない。ストレスでしょうって。嫌になるよ。

――……年齢を重ねると、悩みが込み入ってくる、ということでしょうか……。

いつ頃からか、自分から遠い人間にしか、僕は内面を言えなくなっている。

――込み入るし、重たくなる……。でも今日は楽しかったよ。これからは、時々お昼とか誘っても大丈夫かな。

彼女が笑顔を見せる。彼女はどういうつもりで、僕はどういうつもりなのだろう。

マンションに戻ると、敷地内の外灯の明かりに、セミの死体が照らされていた。その位置は、今朝と同じであるように思う。ここまでは蟻も来ないと思いながら、トビラを開け、階段を上る。玄関の鍵を開けると、妻が迎えた。微かに開いた妻の部屋のドアの奥から、テレビの音がする。

――雨だね。

――うん。

妻が手を出す前に、僕はビジネスバッグを下駄箱の上に置いた。

――Rウイルス、流行《はや》ってるって。

――だね。

――心配だな私……。人によっては重症になるって。

テレビでは、黒のスーツを着たキャスターが、ウイルスの報道を続けていた。彼の顔はしかめられている。

――注意を呼びかけるのと、不安を煽ってチャンネルを変えさせないようにするのとは、根本的に違うよ。

チャンネルを変えたが、今度はグレーのスーツを着たキャスターが、顔をしかめている。

――埼玉の発症者は、誤報だったけど。

――不安を作り出すのは、いくら経済でも下品だね。

――……なんか、私熱っぽくて……。

家にばかりいる、痩せた肩の妻が、言い難《にく》そうに言った。

――心配ない。

僕は妻の肩にふれた。

――気のせいだよ。誰だってそうなるから。

またチャンネルを変えると、戦争の報道があった。なぜか今朝の老人が目の裏に浮かんだ。

――そういえば、玄関見てくれた？

――……何？

――花瓶置いたの。青いものを東に置くと、幸せになれるから。

足りないのか、という言葉を、僕は飲み込む。妻にそういうつもりはない。

――あと厄年だから……。明日神社に行く。

夢の中で、目の前の男が僕に怒鳴っている。僕より年上だが、知らない男で、眼鏡をかけている。彼は必死に僕に怒鳴っているが、声は聞こえない。僕が聞かないようにしているのだ、としばらくして気づく。僕は段々疲れ、身体の力が抜けるにつれ、彼の声が微かだが聞こえ始める。彼が何を言っているのか、聞かない方がいいのだと思う。彼の声が明確な言葉になろうとする時、幅のある別の硬い音が鳴り、僕は目を覚ます。同じ夢を、僕は時々見ていた。

夢の中で、その怒鳴る男は自分を待っているように思う。そしていつも彼から逃げるように、僕は目を覚ます。彼が何を言っているのか、聞いた自分はどうなるのかと思う。近頃、その夢を見る頻度が高くなっている。

会社に着いたが、まだ受付の女性は一人足りない。身体が冷え、すぐ脇の観葉植物が気になった時、後ろから伊藤が僕に声をかける。挨拶を返すタイミングを逃したまま、彼は横についている。また入院した斎藤さんの話だろうと思う。

——あの受付の子ですけどね。……行方不明らしいですよ。

僕は、伊藤の顔をしばらく見ていた。

——何かあったみたいですね。……心配ですよ。うちの一番人気でしたから。

黒いソファがあり、テーブルがあり、観葉植物が置かれている。いつもの受付の風景のはずだった。

——ヤマニシさんだって、あの子は好みだって言ってましたよね。

——……でも、本当に行方不明なら、ニュースとか。

——何言ってるんですか。

鼓動が早くなる。

——行方不明がニュースになるのは、小さい子供の時だけですよ。

エレベーターが開き、僕は中に入った。伊藤も入ってくる。

——斎藤さんは……。

彼は続ける。

――まだ入院してるみたいですけど……、ヤマニシさん、ひょっとして、何かありました？

――何が？

――斎藤さんと……。

僕は冗談を言われたように笑い、自分のデスクに座る。


改札を抜けると、目の前をパトカーが横切った。暗闇の中に、パトカーの赤と黒と白が浮かび上がって見える。サイレンはなく、それは徐行し、気配を消している。マンションの入り口のトビラに近づいた時、仰向けだったセミの死体が、潰れていることに気づいた。セミは踏まれたように、本来の色を残したまま、粉々になり、マンションの照明に照らされている。階段を上がり、玄関のドアを開ける。妻が出迎えた時、パトカーのサイレンが聞こえた。

――疲れた？

――ん。そうだね。

僕はテーブルの椅子に座る。パトカーのサイレンが、あの洗面所の水滴のように、少しずつ近づいている。僕は口を開いた。

——何か……あったの？

——え？

妻が、冷蔵庫のドアを開けながら、聞き返した。

——……サイレンが。

——えーっと。

妻が豆乳を取り出す。

——近所でね、何かあったみたい。……警察多いよね。

胸がざわついていく。

——若い女の人……だったかな。それが、何だったかな……。

僕は静かに息を吸った。サイレンは、マンションの手前まで近づいてくる。妻は豆乳を取り出し、その味の悪いものを、ゆっくり飲んだ。恐らく健康のために。自分と自分の人生に期待ができなくなった時、僕は彼女と結婚することを決めた。自分に意味がないのなら、一人の人間を、せめて幸福にしようと思った。だが、僕にはその資格すらなかった。

サイレンは、マンションのすぐ前まで来て、今日は通り過ぎていく。ドアの向こうの玄関の、青い花瓶が視界に入る。

——何か、俺用に物を置いてよ。

——……青い花瓶みたいに？

——うん。……魔除けみたいなやつ。

部屋に戻り、そのまま眠った。見知らぬ男が僕に怒鳴り続けるが、彼の声は聞こえない。


カウンターの端にある花が、鮮やかに伸びている。赤い花びらは歓喜に弾けるように開き、黄色い花びらは嘲笑するようにつぼみのままの首を曲げている。僕はそこに、いるはずのない小さな蜘蛛を見た。蜘蛛はその花の狂喜に巻き込まれ、葉や茎に絡まり、動くことができないでいる。花達は恐らく、蜘蛛の存在に注意を向けていない。

後輩の彼女が、ジン・トニックに口をつける。僕はウイスキーを飲み干し、やわらかく引かれた眉毛と、アルコールによって微かに濡れていく目をじっと見た。彼女は僕の視線に気づき、なんか照れますよ、と少し笑った。土曜日に会う彼女は短くはないがスカートをはき、見たことのないイヤリングをつけている。

——仕事離れると雰囲気違うね。

――そうですか？

――うん。……最近は、何だか仕事も行きたくないよ。

グラスの表面に、細かい水滴がついている。

――でも、私を励ましてくれたのは、ヤマニシさんなんですよ。

――そう？

――はい。入ったばかりの頃、私、いつも頭が痛くて……。気持ちでは、がんばろうって、思ってるんです。でも、会社に向かおうとすると、頭がズキズキして……。この間のヤマニシさんの話で、少し思い出しました。精神的にはがんばろうと思ってるのに、身体が言うことをきかないって。

店の外から、自動車のクラクションの音がする。一瞬、目の前の彼女の轢かれた姿が浮かぶ。雨に濡れ、着衣が激しく乱れ、彼女は道路に横たわっている。

――身体が、意志をよけて、本当の内面を汲み取るみたいに……。最近も、なんだか憂鬱だね。職場が変だし。

――そうですね。色々なことがあったし……。斎藤さんも、危篤みたいですし。

言った後、彼女はなぜか黙った。危篤という強い言葉が、この雰囲気に合わないと思ったのかもしれない。何かを続けようと口を開け、また黙った。彼女のイヤリングが、照明に照らされ白く光っている。カウンターでは、様々な色の花が喜びながら蜘蛛を絞めている。

——いい人だったよね。

僕が言うと、彼女も諦めたように話を続けた。

——……そうですね。悪い評判もなくて。

——色々なことを、受け止める人だったよね。

——はい。

——自分の置かれている状況の中で、いつも最善を尽くす人だった。我慢を知っていた。人に対する思いやりもあった。思いやりを持つ自分に満足して、相手が満足すると自分も満足するような。

いつまでもしゃべる僕を、彼女が不思議そうに見ている。

——お客よりも社員を大事にした。幹部よりも部下を大事にした。善の代表みたいなおじさんだった。もちろんそれは表面かもしれない。でもあれだけその表面を保てたのならそれはもう本物だよ。

彼女が、いつまでも僕を見ている。

——だからね、ああいう目に遭うんだよ。ああいう善は駄目な人間を引き寄せるから。駄目なものを惹きつけて離さないから。離して欲しいのに離さないから。

――それは……どういう……？

――店を変えよう。

終電の時間が近づき、店は帰る客が目立った。


彼女は酔いましたと言ったが、僕に寄りかかることはなく、表情を見ると、本当に酔っているようだった。最終電車がもうないことを、彼女は知っているはずだった。

バーに入り、個室に通された。カーテンで仕切られ、隣掛けの白いソファがある。僕はダブルのウイスキーを注文し、彼女はワインを頼んだ。酔ってるねと言うと、彼女は酔ってないですよとなぜか笑い、僕の肩に軽くふれた。

ウエイターが入り、ウイスキーと、グラスのワインを置いて出ていった。僕はウイスキーを半分飲み、彼女もワインに口をつける。赤いワインが、彼女の唇を濡らした。

――今日は、何か奇麗に見えるよ。俺の目が変になったのかな。

――酷いなあ……、でも、ヤマニシさんは、受付の前田さんみたいなのが、好みなんでしょう？

――……誰から聞いた？

――伊藤さんから。……でも、何か行方不明みたいですけど……。

僕は、またウイスキーを飲んだ。彼女の唇を見つめる。

――彼女は、美しかったからね。

彼女の唇の端に、少しだけワインの赤が残っている。

――美しいものは、汚れた人間を引き寄せるからだよ。……美しくて、俺にいつも笑顔だったから。時々いたずらっぽく手をさわってきたから。美しいものが損なわれる時、呆然とするほどの力が、彼女は……。

――……ヤマニシさん？

――……君はとても奇麗だ。

僕が見つめると、彼女は下を向いた。

――ヤマニシさん、……結婚してるんですよね。

――そんなことは知ってたじゃないか。

――私は……。

――知ってて、僕の気を引こうとしてたんだろう？　あんなにぎこちないやり方で。僕から言われるのを待つみたいに。

僕は彼女の髪にふれた。

――君はとても奇麗だ。

――私は……。

――一度の過ちもせずに、君は人生を終えられると思う?

僕が耳に微かにふれると、彼女は少しだけ顔を上げた。上から、白い胸元が見える。彼女は目をアルコールで潤ませ、僕にもたれるように目を閉じた。そのぎこちない目の閉じ方が、僕の身体の中の、何かを強く刺した。身体が沈み込んでいく。僕は彼女を抱きしめ、髪の毛にふれた。もう僕は終わるべきだった。

――酔ったみたいだよ。……君のことが好きだけど、甘えたら駄目だよな……。これじゃあ卑怯だ。タクシーを拾うよ。人生はつまらないものだということを、どうやら僕は忘れてたみたいだ。


マンションに戻ると、部屋は静かだった。

電気は消され、部屋のドアも閉められ、妻はもう寝ているようだった。だがさっきまで起きていたことを示すように、洗い終えた食器には水滴がつき、キッチンに置かれたカップには赤い紅茶が残り、温度があった。僕は洗面所に行き、蛇口を大きくひねり、手を洗った。外からはパトカーのサイレンが響き、それは近づき、遠くなり、繰り返しながら少しずつ近づいていた。

玄関が気になり、洗面所から出ると、ドアの郵便受けの穴から、白いものが来た。ヒクヒクと震えながら、ゆっくりと穴を通過し、それはボトリと床に落ちた。僕の口から出た時より、それは大きくなっている。白いものは、床の上で小刻みに震えていた。外からは、パトカーのサイレンが鳴り響いている。

僕は床で震えるその白いものを見ながら、身体の中に温かなものが広がるのを感じた。なぜこちらに近づいて来ないのかと思った時、下駄箱の上の、赤い一輪挿しを見た。妻が、僕のために買ったのかもしれない。まさかこれで来れないのかと、僕は静かに、短く笑った。口元にその笑みを残しながら、その一輪挿しをそっと倒す。一輪挿しは、床に落ちて割れた。破片の一つ一つが、やけに鋭かった。まるで柔らかなものを狙って裂くように、不安定で温かなものを深く切るように。一輪挿しは、もう同じ姿に戻ることはなかった。パトカーのサイレンが近づいている。

――……難しいな……生きるのは。

僕はそう声に出し、白いものを両手で抱き上げた。罪に震えるそれを、僕はじっと見つめた。身体に広がる温かな温度を、抑えることができない。この白いものに、罪を独占させるわけにはいかない。僕は白いものを両手で持ちながら、そっとキスをする。そして口を開き、謝罪と愛情の言葉を内面で呟きながら、白いものを身体に戻す。

　白いものは、僕の口の中に広がり、ゆっくりと喉を通り、食道を降りていく。僕は微笑みながら息ができない。胸の辺りに降りた時、心臓が激しく震え、「ああ」と僕は声を出した。白いものが経験した快楽が、身体を包む。僕は膝をつき、犬のように射精する。だが快楽は治まらず、僕は震えながらその快楽を受けきることができず、それは痛みになった。やがて痛みも僕の身体の範囲を超え、意識が遠のく。パトカーのサイレンが、近くで鳴り響いている。

　だが、僕は意識を失うことがなかった。心臓の鼓動は激しかったが、それ以上の変化はなく、命が終わることもなく、身体が、段々と正常に戻っていく。蛇口の水は強く流れ、何も知らない妻は静かに寝ている。なのに、僕はまだここにいた。いるわけにはいかないのに。

　僕は玄関で、パトカーの音を聞き続ける。鋭く響くその音は、しかし僕の身体を優しく包んでいくように思えた。

三つの車両

列車が走っている。

でも、この列車は、さっきからどの駅にも停車していない。いつ頃から停車していないのかも、わからない。乗客のほとんどはそのことに気づいておらず、みな座席に座り、同じようにうなだれている。彼らは、窓の外の風景すら見ていない。

窓の外は、さっきから同じような風景が繰り返されている。もしかしたら、同じような、ではなく、全く同じかもしれなかった。今過ぎていった錆びたプレハブの長屋は、さっきも見たような気がする。煙突が二本立つ灰色の工場も、誰の姿も見えずただ遊具が疎らにあるだけの公園も、見える順序は異なるがどこか既視感がある。

乗客の若い女の一人が顔を上げ、外を見ようとし、正面の座席に二人の男が座っているのに気づいた。二人の男は共にグレーのスーツを着、ニヤニヤと笑い、うなだれている。女は気味が悪いと思いながら、視線を下げ自分の足元を見た。汚れた靴を履いている自分に、苛々する。『でも、私はきっと、明日もこの汚れた靴を履くんだ』女は、自分の中でそう呟いていた。『それでまた自分に苛々して、そんな自分を責めて、また同じ汚れた靴を履くんだ』

女から気持ち悪いと思われた二人の男は、しかし周囲など気にしていなかった。上司と部下、という関係にも見える。若い男の顔は整っていたが、目の下のクマが酷く、唇がやや開いている。上司風の男は目が細く、がっちりした体格をしていたが、スーツも頭髪も乱れている。

――ついに、ですね。

――ええ。

二人は共に敬語を使ったので、若い社員と中年の中途採用の社員、という関係かもしれない。二人の声は共に小さいがやや高く、よく似ていた。

――いつかな、とは思ってたんですけど。

――……私もです。

――でも、なんというかあの倒れ方は……。

――劇的でした。

二人の男は、またニヤニヤと笑った。

――あれだけ無茶して働いたら、そうなりますよ。

――ですね。

――私も最近、兆候が。

――羨ましいです。

――……寝汗をかくんです。

――寝汗！

隣の車両から、乗客達のざわついた声がする。一人の乗客の男の身体が、膨らんでいるのだった。身体全体が大きくなり、背丈が、もう三メートルほどになっている。ボタンが弾け飛び、服も破れ、残念ながら全裸だった。少しずつ膨らんでいく男は、他の乗客達のスペースをゆっくり侵食していた。乗客達はそれほど驚いていなかったが、ひそひそとお互いに何かを言いながら、眉をひそめその男を見ている。男はもう小さくなった緑の座席に座ることができず、床に仰向けに倒れていた。

――**ごめんなさい！**

男は顔を歪め、膨らみながら汗をかき、そう声を上げた。自分の巨大化により席をずらしていく乗客達の方へ、なんとか顔を向けようとしている。

――**ごめんなさい！　ごめんなさい！**

男がそう声を上げ続ける車両のさらに隣の車両では、男の老人がぼんやり前を向いていた。窓の外を見ているが、特別に関心があるわけではなかった。『あれはなんだったんだろう』老人は、考え続けていた。座席はほぼ埋まり、乗客達は皆同じようにうなだれている。老人の隣には、茶色いジャケットを着た三十歳くらいの男がいた。その男の放心している目を老人は一瞬見たが、そのことに気持ちが動いたわけではなかった。『この列車に乗る前の、あの前にいた男……』老人は、なおも考えながら、窓の外を見ていた。『自分は、あの男をずっと……。胸が、動揺した。何かに、自分がこんなにも反応したのは、久しぶりじゃないか……？　あの男が、あんな風だったから。あんな不安定に、ホームの先に立っていたから。確かに、白線の手前ではあった。いや……』

隣の車両の、膨れた男を見る乗客達のざわつく声が、連結部のドアから漏れてくる。何人かのうなだれた乗客達が、そちらの方へ微かに顔を向けた。

『電車が向こうから来て……あれを押したら、手で押したら、とばかり考えていた。……自分が、何というか、緩くなっている……。痴呆だろうか？　痴呆で、万引きを始める老人のように？　この間も、公園で遊んでいた小さい少女、あの上唇のめくれ上がった赤い服を着た少女……、その首が、自分のような力のない腕でも、縊り折ることができる細さだと気づいた時……、いや、あれは夢だったろうか。いや、夢でもあった。実際、自分はあの細い首を思い出して、それが面前に迫った時に、目が覚めたのだから。懺悔か？　何の？　自分の人生の？』

老人の隣の茶色いジャケットの男は小説家で、先ほど編集者との打ち合わせをしてきたばかりだった。『Nさん。新作、良かったですよ』その時編集者は、その小説家の男に静かに言った。『評判もいいみたいです』

経費削減ということで、公園に青いビニールシートを敷き、水道水を自前のコップに注ぎ、乾杯をした。小説家と編集者はお互いにポテロングをつまみ、旨そうにコップの水を飲んだ。

『Nさんのような作家は、希少動ぶ……いや、少なくなってきてますから、頑張ってください』

『ありがとうございます』

この出版社は、純文学作品だけを刊行するRZという珍しい出版社だった。純文学不況の中、その小説家と編集者の肌は荒れ、服も買えずに二人共裸で、それぞれ股間にA5の紙を貼り付けているだけだった。お互いの紙には、「本は心の窓」と書かれている。

『あ、そうです。これ、我が社からの贈り物です。ささやかですが……』

編集者が、小さい箱を出すのを小説家は見た。

『いいんですか？　ありがとうございます』

『いえいえ、Nさんの新作が、本当に良かったので』

強い風が二人の周囲を通り過ぎ、ついでのように何枚かの落ち葉を吹き飛ばした。

『服なんていらない。そうでしょう？』

『……難しい問題です』

小説家は、そう言うしかなかった。そのRZの編集者は、なおも言葉を続けた。

『本当は全裸で堂々としたい。自我の解放、まさに純文学。でも隠さないと。むき出しは犯罪らしいですから。迷惑防止条例？　つまり、私の男性器は犯罪なんです。迷惑で、犯罪。もう動かないというのに。今はもう動かない、私の男性器。……でも、でも、何で動かないものが犯罪なんだ！　ウケケ！　ウケケケェ！』

小説家の男は着替えてこの電車に乗り、その出版社から贈られた箱を取り出した。開けると、中にまた箱があり、それを開けると一枚の紙が入っていた。広げると、『**死刑**』とあった。ただ一言、そう書かれていた。思わず小説家の男はポテロングを一口かじった。

隣の小説家が握り締めているポテロングを老人は一瞬見たが、また視線を戻した。『戦争に……、行ったから？』老人は、考え続けていた。『俺が、戦争で、人を殺したから？……武器を持っていない村人を、銃器で殺したから？　そして女を、追いかけたから？

……自分の本質を、突きつけられたような、あの記憶のために？　本質を、無造作に……。あの子供の細い首、ホームにいた、若い男……、確認するみたいに？　自分の本質を確認して、自分に突きつけ、罰するみたいに？　緩くなってきた脳が、緩くなってきた意識が、自分にそう強いるみたいに？』

老人はしかし、目を閉じた。

『いや、自分は本当に、戦争に行ったのだろうか？……年齢を考えれば、無理じゃないか？　一九四五年、十二歳だ。十二歳が、フィリピンに？　それとも……父？』

老人は、ぼんやり車両の天井を見た。中吊り広告には様々な言葉が書かれていたが、どれもぼやけ、あらゆる文字が交差していた。ゆっくり揺れ、重なり合い、あまりにも細かく判然としなかった。

『あの娘は、何をしているだろう。自分が人生を滅茶苦茶にしてしまった、あの娘……。死んだろうか。というよりも、その娘は誰だ？……そもそも、自分はどういう人間だろう。緩い……。自分がもうすぐ死ぬからだろうか。緩く、魔が、自分を？　なぜ？　自分の本質だから？　最後に、それを、突きつける？』

老人のすぐ前を、オレンジのパーカーを着た男が横切った。電車の手すりを手に取り、凝視し、首を入れようとする。

——小さい。

パーカーの男は、そっと呟いた。

——おかしいですよねえ。だって、こんなにあるんですよ？　こんなに。

男は、ゴホゴホと咳をした。

——すみません。病弱なんです。いや、おかしいですよねえ。こんなに首輪があるのに、どれにも僕の首が入らない。あ、バレてます？　ポーズです。

乗客達は、男を見ずに、皆うなだれている。小説家の男だけ、ちらりと男の顔を確認した。

——ポーズです。自分の首が入らないくらい、知ってます。これは手でつかむためのものですよね。だから、ほら、今右手を入れた、左手も入れた。急に覚悟ができたかもしれませんよ！　僕の両腕が塞がってるうちに、この汚い首をひねり曲げてください！　ええ、これもポーズです！　でも、僕がこうやってポーズをしてる隙に、誰か、本当に、早く！

この列車の運転手は、さっきからこの列車がどこにも停まっていないことに気がついていた。ブレーキも何も、この列車が停まる駅が、存在しないのだった。

窓の外の風景は、さっきから不規則に、循環している。煙突の二本ある工場を見るのは七度目だった。線路はどこまでも、静かに真っ直ぐ伸びている。

『聞いたことがある……』運転手は、記憶を手繰り寄せていた。『退職した、イイジマさんだ。イイジマさんが言ってた。一度だけ、変な電車に乗ったって』

立ち続ける両足が痛かったが、なぜか足を動かす気になれなかった。

『《停まる駅がない。……気味悪かったけど、心地よかった》。イイジマさんは、飲み会でそう話してた。あの人は病的な嘘つきだし、誰も本気にしなかったけど……。《このまま、ずっとこうだったらいいと思った。俺は永久に運転手。【運転手】そのものになる》。……イイジマさんはそう言ってたけど、俺は恐い。運転手そのものになんて、なりたくない。確かに離婚して、今は独りだ。彼女もいない。子供も両親もいない、責任もない、でも……』

運転手は、意図して足を動かした。右足が痺れ始めていた。

『イイジマさんは、どうやって戻ってきたんだろう。その話を俺達の前でしたんだから、帰ってきたということだ……。何かの加減、とか言ってたな。つーか、加減？　馬鹿な！そんなの嫌だ。偶然、とかも言ってたな。人生は加減と偶然？　馬鹿馬鹿しい。じゃあ、俺の離婚も偶然か？　離婚の原因は妻がパート先で男と寝たからだ。妻がパートを始めた原因は、俺のパチンコ癖が酷いからだ。何でパチンコ癖が酷いかというと、ＣＲ海物語が面白過ぎるからだ。つまり、原因は海物語だ！』

ニヤニヤと笑うサラリーマンの二人組を気持ち悪いと思った女は、隣の車両の騒ぎに顔をしかめた。膨れた男がさらに膨らみ、もう天井に腹がついていたのだった。だが、女はその事実を知らない。ただ、『誰か騒いでるな』と感じただけだった。

『嫌になるな……。せっかく電車なのに』

女は、また汚れた自分の靴に視線を落とした。

『電車の中は、安全なはずなのに。確かに、家に帰っても誰も待ってない。職場も派遣だし肩身は狭い。でも電車は、そのどちらでもないから。いずれはどちらかに着くし、私をそこへ運ぶけど、少なくとも、まだ着いてないから。着いてない今の時間は、私はどちらでもないから。【乗客】でいることができるから』

女は、まだニヤニヤとしている正面の二人の男越しに、外の景色を見た。煙突が二本立つ灰色の工場が、通り過ぎた。

『私はあの人が好きなわけじゃない……ならなんでだろう。わかってる。何もなかったからだ。ずっと、何年も、何もなかったからだ。何もないのなら、不幸になるとしても、何かが欲しかった、それだけだ』

女は、また煙突が二本立つ工場が通り過ぎるのを見た。

『全部知ってた。全部嘘だってことも、私はわかっていたんだ。……死んでやろうか？

葬式であの人は、職場の同僚の前でどんな顔を？　それとも、派遣の葬式は来ない？　いや、来るに違いない。神妙な顔をするだろう。内心は動揺してるくせに！　奥さんも来ればいい。本当にくだらない！』

しかし、女はすぐに目を閉じた。鼓動が、少しずつ早くなっていた。

『そうだ……。死ぬよりも、もっと面白いことがある。計画を練ろう。あの男の人生をめちゃくちゃにする計画を』

女は、不意に口元が緩んでくるのを感じた。自分の考えたことに自分の身体が反応するのが、久しぶりのことのように思えた。ニヤニヤしている二人組の若い方が顔を上げ、女を見た。女が、ニタニタと笑い始めている。

『なんか、楽しくなってきた……。何で思いつかなかったんだろう。そうだ、そうだ、全部暴露してやる！』

女の考えは、止まらなかった。

『言い訳もきかない形で。会社にもいられなくしてやる。それで私もあんな会社辞めてやるんだ！　写真撮ってやる。それでバラ撒いてやる！　あいつがイッた瞬間の目を閉じた写真を！　あいつの右に曲がったチンポコを！』

隣の車両の膨れた男は、もう車両の半分を埋めていた。乗客は車両のもう半分に寄り、男を見ながら、ひそひそと囁き合っている。

――ごめんなさい！　ごめんなさい！　でも、でも。

男は巨大化した口でそう言っていたが、声の音量は変わらなかった。

――でも、僕は、生きていたいんですよ。こんな風になってしまったけど、迷惑だけど、生きていたい！　エビマヨも食べたいし、サザンだって聴きたい！　ダメでしょうか。ダメでしょうか。

乗客達は、表情を変えずひそひそと囁き続けている。男はなおも、少しずつ膨らみ続けている。

――たとえば、外来種っているでしょう？　日本の生態系を崩す生き物。川の流れを悪くする藻とか、死んで悪臭を出す貝とかいるでしょう？　そいつらが笑いながら生きてたら、そりゃあ腹も立つでしょう。でも、そいつらが、もし泣きながら生きてたら？　ごめんなさいごめんなさいと言いながら、日本の生態系を壊してたら？

乗客達は、なおも群れ、ひそひそと囁いている。

ポーズと叫んでいた男は走るのもポーズと叫びながら別の車両に飛び、小説家の男は、隣の車両の騒ぎが気になった。席を立ち、猫背のまま、列車の連結部のドアを開けた。人の固まりがあり、かき分けると、膨らんだ男が見えた。全裸の巨大な男が仰向けになり、見ていてわかるほど、少しずつ膨らんでいる。腹は列車の天井を圧迫し、腕や足はドアや窓を圧迫し、髪は短く、三十代くらいの年齢に見えた。小説家はその場で立ち尽くし、彼がよく書く表現のように、不意に胸がさわぎ、両腕の裏の筋肉が痺れた。

——あ！

膨らんだ男は小説家の男を見ると、目を開いて凝視した。

——あなた、知ってますよ！

小説家の男は、心臓に鈍い衝撃を受けた。

——さっき、ちょうど新聞に載ってましたよね。目の下のクマが酷い人だと思ったばかりです。ブラックホールみたいに、色々吸い込みそうなクマですね！　ああ、あなた、どう思います？　小説家でしょう？　漫画家でしたっけ？　あなたに判決を下してもらいたい。

小説家の男を、一斉に乗客達が見た。小説家はこういう視線に慣れておらず、動揺し、今日はコンタクトであるのに、眼鏡を直す仕草をした。『しかし、俺も、明日には膨らみ始めるかもしれない』小説家は、ポテロングを食べながらそう自分の中で呟いた。『俺は作家だ、と開き直れたらどんなにいいか』

溜め息を吐き、電車の吊り輪を見た。

『近頃、タフさがなくなってきてないか？……困ったな。年齢を重ねればタフになっていくと思ってたけど、逆じゃねーか』

膨れた男はさらに膨らみ、どんどんと、頭部がこちらに迫っていた。

『この間、変な目覚め方したな……。この間というか、その前も、その前もだった気がするけど……。自分の声で、目が覚めた。俺は、あの時、何て言ったんだろう？　どんな言葉を？　とうとう、無意識が、一つの言葉をつくったに違いない。問題は、わかった時、自分がそれを小説に書けるかどうかだ。膨らんで、書けなくなるかもしれない。それで、膨らみ過ぎて爆発？　ついに？　自分が昔書いたみたいに？　でも、俺が爆発して死んだところで何も変わらないぞ。ボン！　って小さく音がするだけだ。弁当をレンジで温め過ぎた時みたいに！』

小説家はしかし、今は内面に籠っている場合ではなかった。

「……小説家は、えっと……、何かを裁く存在じゃないです」

小説家の男はジャケットのしわを気にしながら、そう力なく言った。

「どちらかといえば、僕は裁かれる側ですよ。……ろくでもないし。……でも」

乗客達は一斉に、つまらなそうに溜め息を吐いた。その溜め息に、小説家は苛っときた。

「でも、あなたの膨らみには意味がある」

小説家は、急にヒステリックに叫んだ。

「人からどう思われようが、飯を食い続けろ！」

膨らみ続ける男は乗客達を見たが、乗客達は皆つまらなそうにしていた。

――チンポコめ！

そう叫び声が聞こえ、乗客達は一斉に顔を向けた。そう脈絡もなく叫んだのは、隣の車両の、汚れた靴の女だった。

――よし、やるぞ！　あいつのチンコをもっと右に曲げてやる！

何かが裂け、突然立ち上がってそう叫ぶ女に、さっきまでニヤニヤしていた二人組の若い方が仰け反った。『チンコを？』男は自分の中で呟いた。『右に？』

隣の車両の騒ぎに、老人もようやく気がついた。

『何やら、大変そうだ。でも、なぜか、彼らの苦悩は……』

老人は、口元を微かに緩ませた。

『頼もしい。……全てを、見ればいいかもしれない。自分の人生の、最後に訪れた現象を。闇なら闇。入れ歯なら入れ歯。自分が緩く分解するなら、それを味わって……。恐らく、それが真実か？　いや、どうだろう……』

靴の汚れた女は仰け反った若い男の視線に気づかず、ノートを取り出して計画を練り始めた。自分が放置されている、若い男はそう思うと、元々変態だったらしい彼の身体は熱くなった。

——あの……。

若い男は、隣のうらびれた中年の相方に、声をかけた。相方は、まだニヤニヤと笑っている。

——……なんです？

——試しに、試しにですよ？

——ええ。

——下の社員全員で、致命的なミスをしたら面白いでしょうね。……一種のテロです。役員の生活まで不安にしてやりましょう。……米粒一つないお茶碗みたいに、すっきりしますよ。

——……同感です。

うらびれた相方は、また同じようにニヤニヤ笑った。どちらでもいいようだった。

運転手が首に出来たストレスニキビに触れた瞬間、駅が遥か遠くに見えた。『新宿』、とある。正しい新宿か間違った新宿かわからなかったが、運転手は慌てて停止の準備に入った。これを逃せば、またいつ駅が来るかもわからない。電車が停まり、皆座席を立ち始める。だが、ホームと列車の間の幅が大きく、下は黒い崖になっていた。崖は深く、底が見えず、静かに冷えている。新宿駅も本当の新宿駅かわからず、そこから伸びる道も、またどこにも辿り着くことができないかもしれなかった。乗客達はしかし、どんどんと軽やかに飛び越えていく。

ニヤニヤしていた二人の会社員はニヤニヤしながら崖を飛び越え、靴の汚れた女は靴だけ崖に落として自分は飛んだ。老人は自分の状態に対しその崖があまりにチープに感じて飛び、ポーズと叫んでいた男はこれもポーズと叫んで飛んだ。運転手はまたパチンコをするために飛び、膨れた男は壊れた天井から顔を出し、膨れていたために簡単にまたぐことができた。だが、意志の弱い小説家は黒い崖を覗き込み、何かをぶつぶつと呟いていた。と、その時、列車のドアが閉まり、小説家は車内に取り残された。列車はまたゆっくりと走り始める。

セールス・マン

近頃、蜘蛛が増えた。

壁に五匹、床に二匹。床の二匹は様子をうかがっているけど、壁の五匹は当然のように、自由に動き続けている。目の前で正座する妻の、膝の上にも一匹いる。

僕は煙草に火をつけながら、部屋の壁にもたれていた。さわさわと部屋の周りから這う音がしたけど、その音の重なりは、目に見える蜘蛛の数より多い気がした。

「困ったね」

妻はそう言って足を崩す。膝を這っていた蜘蛛が、妻の足の間に入り込む。蜘蛛は何かを気だるくやり遂げたように、妻の後ろへ抜けていく。

「部屋をかえるには、お金がいるよ」

「なら働かないと」

僕の言葉に、妻が当然のように言う。僕がのろのろ立ち上がると、妻がぼんやり僕を見上げた。妻の腕に、蜘蛛の糸が絡まっている。耳にも、首筋にも、絡まっている。

「お金を稼ぎにいくよ」と僕は言う。「ここはもう、僕達の部屋じゃないらしい」

「……いってらっしゃい」

妻の言葉を背後に、僕は玄関から外に出た。傾きかけた日の光が、細い路地をオレンジに照らしている。アスファルトの窪みに溜まる水が、傾く日の光を逃すことなく受け止め、控えめに白く光った。世界は美しい。なのに僕はお金を稼がなければならない。

細い路地に入り、余裕のありそうな家を探す。立派な白い門のある家の、インターフォンを押してみる。太い男の声に、僕はたじろぐ。人間は恐ろしい。でも僕はお金を稼がなければならない。

「……あの、セールス・マンです」

「は?」

庭にいた犬が、僕に吠える。

「……物を売りに」

「……何を?」

「……憂鬱を」

インターフォンの向こうが、とても静かになる。太い男の声が溜め息を吐く。

「あのさ、そんなの買うわけないだろ？」

「……そうですか」

僕は一応うなだれて、その家を後にする。立派な門のある家が怖くなったので、町外れを目指して歩く。茶色いアパートが見えてくる。そっと近づき、角部屋のインターフォンを押す。ボタンにホコリが溜まっている。大きな身体の中年の女性が、ドアを開けた。いきなり開いたドアに、僕は驚く。

「あの、セールス・マンです」

「……何の？」

「……憂鬱の」

彼女がぼんやり僕を見る。

「……憂鬱を売るの？」

「そうです。……僕にはそれしかないので」

「ちなみに幾ら？」

「さあ……。決めてください」

彼女が訝しげに立っている。実に身体が大きい。

「あのさ、そんなの買うわけないでしょう？　……だから、交換しない？」

「交換？」

「そう。私の性欲と」

彼女が苦しそうに僕を見る。

「本当に大変なの。……あなたの憂鬱の方が、マシかもしれない。……どう？　性欲なら、買う人間もいるかもしれない」

「……確かに」

僕は口から憂鬱を吐き出し、彼女に渡す。彼女は口から性欲を吐き出す。僕は飲み込む。血液がぐるぐる巡る。

「ああ」

「……でしょう？　大変なの。……でも、あなたのこれも大変ね。……何かあったらここに電話して」

彼女はそう言って紙を渡すと、憂鬱そうにドアを閉めた。チンコが立ってくる。どうしよう。

チンコを立てたまま、僕は町を歩く。皆が僕を見てくる。

『うわ……』

『ロ、ロケットみたい！』

皆がひそひそしゃべっている。ロケットみたいに、もうチンコが飛んでいけばいいのに。でも、帰ってこなくなったらどうしよう。女性を見るとまずい。本当にチンコが飛んでしまう。僕は妻が気になり始める。蜘蛛の巣は大丈夫だろうか。

僕は自分の部屋に戻る。彼女はもう、大分蜘蛛の糸に絡められている。顔と足の一部しか見えない。艶《なまめ》かしい足の角度。かさついてるのに、残念ながら艶かしく見える。

「……お金は？」

「お金はないけど、性欲をもらってきたよ」

彼女が僕のチンコを見て、溜め息を吐く。

「あなた、本当に駄目ね」

「……だね」

「仕方ないから、区役所で、生活保護の申請をしましょう」

「なるほど」

「申請書に、理由を書きましょう」

「どうしようか。……妻が蜘蛛の巣に絡まって、僕は性欲が大変ですって書く？」

「駄目よ。……まだ憂鬱の方がマシ。返してもらいなさい」

僕はまた部屋を出る。さっきの彼女に電話する。52回のコール音の後、彼女が出る。憂鬱そうだ。

「……というわけで、返してもらえないかな」

「……嫌よ。あんな性欲もういらない」

僕は困る。どうしよう。

「……なら、そうね、…………他のなら。……他のなら、また交換してあげる」

「どんな？」

「……他の。何でも…………もういい？　憂鬱なの」

電話が切れる。僕はまた歩き出す。ズボンにこすれるだけでやばい。

公園の喫煙所で、暗そうな男がベンチに座っている。変なオーラが出てるし、彼なら何か持ってるだろう。僕はそっと近づく。

「あの、セールス・マンです」

「ほう」

「僕の性欲と、何かを交換してください」

「……そんなことできるの？」

「……みたいです」

日差しが強くなる。通行人の女性達を、何とか見ないようにする。男が口を開く。

「……僕は小説家でね、Nっていうんだけど、知ってる？」

「全然知らないです」

「……そうか」

男はぼんやり煙草を吸っている。目の下のクマが酷い。かわいくないパンダみたいだ。

「あの、僕の性欲と、何かを……」

「嫌だよ。僕の性欲だって大変なんだから。……昔はミニスカートが好きで、ショートパンツが許せなかった……。なぜだかわかるかい？」

周りでセミが鳴いている。

「僕の視線と女性の下着が、空間的に接続してなかったからだよ。ミニスカートなら僕の視線がぐにゃりと曲がれば下着に届く。でもショートパンツはそうはいかない……。ショートパンツはあらゆる可能性を僕から奪う。文学的に言えば疎外だよ。でもどうだい。今はショートパンツまで好きになってしまった！　僕はどうなってしまったんだろう！」

ぼんやり男を見る。死ねばいいのに。

「だからね、これ以上性欲を受け取るわけにいかないよ」

「Nさんは、何を……？」

「……いっぱいあるよ。なんなら、トランプみたいに並べて見せてもいい。……憂鬱、失踪願望、性欲、気にしすぎ、考えすぎ、現代文学不信、不眠、神経症」

「……神経症？」

「なりかけだけどね。この間ね、胸が痛くなった。病院に行って、心臓やら肺やら何やら調べても異常がない。大したことはない、肋間神経痛って言われたよ。でも信じられなかったから、もっと調べろと要求したよ。そうしたら、今度は頭とかお腹とかまで痛くなってきてね。……医者からそっと、精神科のチラシを渡されたよ。その時、なるほど！　と思ったね。なーるほど！　今のところ落ち着いてるけど、雑誌で悪口なんか読むと再発するよ」

「……はあ」

セミが鳴いている。のどかだ。

「まあ、わかりましたけど、とにかく、僕の性欲と何かを交換してください。僕も困ってるんです」

「……わかったよ。何がいい？」

僕は選ぶ。

「不眠、かな」

「いや、神経症なりかけ、と交換してくれよ。こっちも困ってるんだ」

「……仕方ないですね」

僕は口から性欲を吐き出し、男が口から神経症なりかけ、を吐き出す。交換して飲み込む。これはきつい。ああ、嫌だ、こんなのは。

「ああ」

男が不意に叫ぶ。

「やばいよ、ああ、二倍だよう。性欲が、二倍だよう」

男のチンコが立ってきて、間髪いれず、飛んでいった。駅の広場に着弾し、爆発する。でも男のチンコはすぐ生えてくる。そしてまた飛んでいく。

『テ、テロだ!』

『きゃあ!』

『ちんこテロだ!』

駅が燃えていく。男はチンコを飛ばし続けている。

「二倍だよう、二倍だよう」

僕は男をその場に残し、神経症なりかけ、を抱えながら歩く。

ビルの隙間の向こうに、空が見える。青く、濃く、吸い込まれてしまいそうだ。世界は美しい。なのにあの男のチンコは飛んでいき、僕は生活保護の申請をしなければならない。僕は歩き続ける。周囲の建物が僕を圧迫してくる。この場にいてもいいか不安になる。

憂鬱を交換した彼女の部屋に行く。65回チャイムを押すと、ようやく出てきた。人と対面しただけなのに、動悸がする。

「交換してくれよ」

「…………何と？」

「神経症なりかけ、と」

「…………嫌よ」

「だよね。でも頼むよ、なりかけだから」

「……そうね」

僕は口から神経症なりかけ、を吐き出し、彼女は僕の憂鬱を吐き出した。お互いに飲み込む。

「うわ……」彼女が言う。「これ、最悪……」

「うん……、僕のこれも、やっぱり最悪だ。……懐かしさすらないよ」

自分の部屋に戻る。足取りは重い。妻は、もう全身を蜘蛛の巣に覆われ、マユみたいになっている。中身が見えない。

「あん……、だめよ。……もう」

中から彼女の声がする。マユの中に男を連れ込んでいる。

「いや、そんなこと言ってないもん。……違うよ、もう、馬鹿……、濡れてなんかないもん」

僕はゆっくり息を吸い、ちょっと叫ぶ。

「まじで！」

「……あら、帰ってきたの」

妻が不意に冷静な声を出す。僕はまた思わず叫ぶ。

「ほんぎゃあ！」

「違うわよ。妄想してただけよ。毎日つまらないから」

よく見ると、マユは彼女の身体の大きさしかなく、誰かが入れる余地もない。

「……妄想？」

「そうよ。妄想で男といちゃついてたの。楽しかったのに。……また続きをするわ。……あん、もう……、今日はしてばっかりじゃない……」

何だか、浮気されるよりも、気持ちが沈む。僕はテーブルの上に置かれた、生活保護の申請書に書く。『くれないと色んなのを飲み込んで、全部君達に吐き出すよ』。

区役所の方へ歩いていくと、行列が見える。生活保護を申請するための、人々の行列。電光掲示板が見える。『現在30㎞』。

僕は列の最後尾に並ぶ。列の先は、遠くて見えない。見えるのは区役所ではなく、人の行列だけだ。一時間が過ぎ、三時間が過ぎる。電光掲示板が、突然『31㎞』に変わる。

「……どうして？」

僕は自分のすぐ前に並ぶ男に聞く。彼はハンサムだったけど、残念ながら、ド根性ガエルのTシャツを着ている。

「横入りがあったみたいだね。それで列が伸びた」

「なるほど」

電光掲示板は『29㎞』になったけど、すぐ『32㎞』になる。

カメラを持った若い女性が、視界に入る。雑誌記者のようで、こちらに近づいてくる。この行列を取材してるのかもしれない。

「……た、たまらないわ、この行列」

彼女はカメラを向け続ける。

「長い、長いわ……、ハアハア、ハアハア！」

彼女がブラウスのボタンを外し始める。電光掲示板は『31㎞』になったけど、またすぐ

『32㎞』になる。

　彼女はスカートの中に手を入れ、寝転がり、その場でオナニーを始める。よっぽどこの行列が気に入ったのだろう。とても嬉しそうだ。僕は行列から離れ、彼女にそっと近づく。

「あのさ、僕の憂鬱と、君の雑誌記者の身分、を交換しないか」

「ハアハア、……え？」

「交換しよう」

　僕は彼女の唇にキスをし、優しく胸をさわる。彼女が静かに目を閉じる。僕は彼女の首筋を撫で、乳首を口に含み、丁寧に舐め、かわいいよ、と何度も耳元でささやく。

「かわいいよ……、すごくかわいい……。……交換しよう。……いいね？」

　彼女が頬を赤くし口を開ける。僕は憂鬱を彼女の口の中に入れ、雑誌記者の身分、を吸い込んで飲み込む。

　倒れ込んだ彼女を後にして、僕は歩き出す。背筋を伸ばし、姿勢に気をつける。でも僕はぼんやりしてるから、どうせまた誰かに取られてしまうだろう。

　取られないように、僕はすぐ部屋に戻る。マユのようになった糸をはがし、妻の顔を出す。

「雑誌記者の身分、を手に入れたよ。口を開けて」

「……私が働くの？」

「僕だとぼんやりしてるし」

「仕方ないね」

僕は雑誌記者の身分、を口から吐き出す。でもそれを、一匹の蜘蛛が飲み込んでしまう。

「……え？」

蜘蛛は雑誌記者の身分、を手に入れ、出版社へ向かう。やる気に満ちている。

僕はその場に座り、壁にもたれ煙草に火をつけた。周りの全ての蜘蛛が、僕をじっと見ている。

「あのさ、……今あの蜘蛛、あなたの口に何か入れたよ」

「……だね」

傾いた日の光が、カーテンのない窓に映り込む。

「……何が入ったの？」

妻が僕を見ている。僕は煙草の火を静かに消す。

「……彼、というか、彼女の抱えていた、無機質な知識だよ」

「ふうん……」

僕はまだ壁にもたれている。周りの全ての蜘蛛が、僕をずっと見続けている。

「どうやらこの世界は、そろそろ終わりに向かってるみたいだ」

体操座り

《朝、ジムで軽く汗をかく。シャワーを浴びながら、熱していた筋肉が静まっていくのを感じている。遅めの朝食をカフェでとり、仕事場のマンションへ戻る。パソコンを起動させ、真っ白な画面を見つめる。今日も仕事だ。

昼は編集者と打ち合わせ。十万部？　いやいや、そんなすごくないですよ。百万部とか売れてる人達からすれば……新作ですか？　ははは、ちょっと待ってください。今書いてますって。

夜は奇麗な女性とブルーノートとかでジャズとかを聴きにいく。黒人とかの息の合ったスウィングに酔いながらジンライムとかを飲む。……夜はその女性とホテルのバー。窓側のカウンターの椅子。人々の呼吸とかのように、眠らない街の光とかが目に映る。なぜだろう、少し眩しい。「ギムレットと、レッドアイを」

アルコールに、一日の緊張が解けていく。日々とは、えっと、緊張だ。彼女にわからないように、僕はそっと息を吐く。

「いやいや、作家なんて気の利いた仕事じゃないよ。……ただ自分と対話をするだけだから」

彼女を見つめる。その二つの潤んだ目に、危険な光とかが宿っている。しかし、と僕は思う。男に必要なのは〝危機と遊び〟――。開高健の言葉だ。

「……静かなところで飲み直さない？」》

という夢を見て、狭いベッドで目を覚ます。午後の2時。もうなんにもする気がない。二度寝がしたい。二度寝って気持ちいい。もし今二度寝が出来るなら、重い荷物を持った老婆に、もっと重い荷物を持たせるくらいの悪事をしても構わない。それなのに、夢から弾かれたように眠れない。よーしじゃあエビのモノマネでもしようかな、とベッドの中で身体を折り曲げる。精神を集中する。十本の指をエビの足のようにわさわさ動かす。エビになっていく。僕の全てが。後ろに動いていく――、とベッドでゴソゴソしていたら体温が急に下がり、一時間ほど自分を見つめ直す。

男に必要なのは危機と遊びであって、二度寝とエビのモノマネじゃない。どうしよう、お腹がすいた。カップ麺に手を伸ばす。カヤクを入れ、お湯を注ぎ、3分計るのを忘れ目算で食べ始める。半分ほど食べてようやく気づく。まずっ。何これ超まずっ。

どうしてこうなったんだろう？　作家ってもっと何というか、いい職業だと思っていたのに。原因は、僕の身体にアプリケーションが入ってしまったからだ。僕の身体には様々なアプリケーションが入れられていて、しかもそれは遠隔操作で勝手に起動されるのである。たとえばさっきのエビのモノマネも、エビアプリの成せるわざだ。今度は、編集者の陰口を聞けるアプリが起動される。聞きたくない。嫌だ。目の前に映像が浮かぶ。昨日、池袋の喫茶店で行なわれた担当の引継ぎのシーン。僕が帰っていく。女性編集者二人はまだ残ってる。

「見た？」

「見た見た！」

「目の下のクマ、やばくね？」

「やばい！　ありえない！」

「なんかね、噂なんだけど、……あの目の下のクマ、実はポケットになっててさ、中からコンドーム出てくるらしいよ」

「キモ！」

「しかも毎回『ミチコロンドン』なんだって」

「ギャー」

僕はシクシク泣く。密かに美人だと思っていたのに。絨毯に体操座りをし、呆然とする。ネット上の僕の悪口を全部見られるアプリが起動され、静かに気絶する。

《ホテルの部屋に入ると、女性はソファにもたれかかる。少し微笑み、足を組んでいる。

「……ワインでいいかな」

何年かものの、何とかっていうワインを取り出し、開け方がわからないので手刀で叩き割ろうとした時、何かの道具を見つけて栓か何かを開ける。グラスに注ぎ、軽く乾杯をする。何かの香水の匂い。女性が僕の肩にもたれかかる。頭をなで、そっとキスをする。

「……何もしないって、言ったのに」

女性がいたずらっぽく笑う。僕はもう一度キスをする。

「だって、僕のチンコが」

「……は?」

「あ、ごめん……。今のは、なしだよ。……チンコ、あ、違う。はは、どうしたんだろうね。ポコ、あれ? チンポコ」

僕は微笑む。月の光が窓に差し込む。

「どうだい？　三十五歳にもなってチンポコって言う奴。……革命家だろう？」

女性が後ずさる、どうしてだろう。僕は二本の人差し指を女性に向ける。

「モヘへ、全身つつい ちゃう」

「は？」

「そーれ北斗神拳だー」》

うなされて目が覚める。夢だけが楽しみだったのに。今度はベッドの上で体操座りをし、何度か目を拭いコートを着て外に出る。原稿を書くか、編集者の前で微笑むか、散歩をするだけの毎日。

選挙カーが渋滞を起こしている。クラクションが鳴り響き、スピーカーどうしが近いせいか、ハウリングを起こしている。僕は自動販売機で缶コーヒーを買い、飲みながら歩く。候補者が近づいてくる。おっさんだ。

――私に一票を。違うって、スパイじゃないって。

今度は別の候補者が近づいてくる。おばさんだ。

――私に一票を。ねえ、私、集団的何とかって言葉聞くと、下半身がムズムズするの。イラクの時にあったら、私も行けたのに。

「……そうですか」

――たまらないわ……。あん！　痒い。ムズムズする。

「変な病気じゃ……」

別の候補者達が近づいてくる。きりがない。

――この国を変えたい。でも本当は妻を替えたい。

――兵隊の命をすり潰すと、石油とかの資源になります。

――実現するかって？　関係ないよ。サウスポーどうしで協力？　やだよ。俺ら自分のことしか考えてないし。

――違うって。就活じゃないって。

――ネット工作しちゃう。オナニーもしちゃう。

候補者の群れを通り抜け、駅前の喫煙所で煙草を吸う。奇麗な女性がいる。肩までの髪、赤いコート、そして黒いストッキングをはいている。黒いストッキング……、あまりにも滑らかな足。僕がつかもうとしても、ウナギみたいにつかめないんじゃないか？　僕のウナギ、君は僕のウナギ……。身体がピクピク痙攣する。まずい。変態アプリだ。こんなタイミングで変態アプリは駄目だ。僕の目がピカピカ光り始め、ズボンがするする下がっていく。

「モヘヘ、モヘヘ」

「……え？」

「あれ？　眼科さんですか？　僕のチンコが乱視です」

「ぎゃあ」

女性が逃げていく。しばらくすると、ようやく目のピカピカが収まっていく。僕はズボンを上げ、その場でうずくまる。頭を抱える。

これは修理してもらわなければ。アプリケーションだから、ＰＣショップか携帯電話ショップか。店を探そうとすると、また候補者達が近づいてくる。

――そこをどいて、そこをどいて、私の赤ちゃんが通るから！

――不景気なんで、兵器開発。ちょっ、君、職場で乳首をつねらないでくれたまえ。……ハア、ハア、税金で買ってもらえるんで。皆の税金で人殺す機械。……ムチもやめたまえ。△木馬も……え？　やめちゃうの？　ハア、大丈夫、気にせず生きろって。……ちょっ、ダメだって。ダメじゃないって。

――俺もう不能だし。全国の風俗潰したい。だって羨ましいんだもん。

――原発、じわじわやるよ。ハア、ハア、日本方式。いつの間にかってね。やべえ、勃起する。里美ゆりあって最強だね。

候補者達をかきわけ、駅前の『PC・SOS』に入る。

「あの、どうもアプリが変で。……修理を」

「わかりました。ここに寝てください」

奇麗な女性が良かったのに、なぜか店員はプクプクした三つ子のおっさんだった。三人とも蝶ネクタイをしている。

「あー、これ重症だね」

三つ子のうち一人が言う。でも、誰が言ったのかよくわからない。

「……そうですか」

「しかも、これ、あなた自分で入れてるね。十一歳の時と、十四歳の時」

「……へえ」

「うん。そんでこれが今になって故障したと。ていうか、ずっと故障してるけどね」

プクプクした三つ子は嬉しそうに笑った。おっさんなのに、ちょっとエクボがかわいいのが気持ち悪い。それぞれが口を開く。

「修理の方法は三つ。ぼんやりした不安の中で薬を飲んで、他人をバンバン軽蔑しながらこれを弱らせる」

「玉川上水に女と派手に入水して、志賀直哉死ねと叫んでこれを故障させる」

「自衛隊の基地に突っ込んで、切腹してこれをハラワタと一緒につかみ出す」

「……他には？」

「ガスで、……うーん、君は我がままだな」

三つ子がつめよる。怖くなる。

「どれがいいの？」

「その……」

僕は正直に言う。

「……わかりません」

三つ子に店を追い出されると、また候補者達が近づいてくる。体臭で気持ち悪くなる。

——島が欲しい。ハア、ハア、島大好き。

——役人超好き。濡れちゃう。キングスライムみたい。

——地震があったって変わらない。だから一生変わらない。これ本気だよ？　すげえ。

——やー、シナリオ通りっす。

——私ママドル。男に中出しされたアイドルじゃないわ。え？　嫌い？　そんなこと言わないで！　離婚したらちゃんと本出すから！

——もうウンコしちゃう。

――選挙だよ。違う違う、ギャグじゃないって。

――……お？　こいつ純文学だぞ！　ノイローゼ集団の一人だ！

不意に人だかりができる。やばい、何でこうなるんだろう。

――殺せ！　こいつら嫌い！　こいつら嫌い！

大勢の候補者達が上に乗ってくる。僕の攻撃アプリが起動され、目の下のクマからビームが出る。彼らは驚くが、ビームが出続ける。でも大して害のないことに気づかれ、また上に乗られてしまう。意識が遠くなる。


《「……北斗神拳なんて嘘だよ。……さあ、こっちに来て」

僕は優しく微笑む。よだれもちゃんと拭く。

「もう……、びっくりするじゃない」

「はは」

「……あん。もう」

僕は彼女にキスをしながら、そっとベッドに倒す。さりげなく電気を消す。

「すごくかわいいよ」

「……やだ、あ、あああ」

僕はさりげなく、目の下のクマからコンドームを出す。ドアがノックされる。誰だ？　うるさい。

ドアが焼け始め、クマからビームを出す男が出てくる。

「何だお前！」

「ビー！」

「うわ、やめろ！」

「ビー！　うるせえちくしょう！」

ビームだけでなく、男は僕に拳銃を突きつける。

「……ほら。俺はね、こういうのも持ってるんだよ……、お前と違ってね。LAWMAN MKⅢ MAGNUM。……女を渡してもらおうか」

「……いいよ」

「え？　いいの？」

「うん」

随分諦めがいいじゃないか。何だこいつ。ではお言葉に甘えて……。女に近づくと、ダッチワイフだった。

「え？」

「……そうだよ。名前はフミコ」

「じゃあお前、え？　これ担いでバーに？」

「ああ」

「すげえ。……お前すげえよ」

エアコンが故障してるのか、部屋が少しずつ冷えてくる。

僕達は体操座りでフミコを間に三人で並び、窓の下を眺める。無数の車、大勢の人だかりが出来ている。人だかりの重さで、地盤が沈んでいく。

「もう下には行けないな」

「うん。でもここも、時間の問題だよ」

体操座りをし続ける。太宰アプリで豆をテーブルに出し、三人で食べる。

「……一応、拳銃には二つ弾があるけどね」

「うーん、……まだ早いよ」

「……だね。……まだ悲しいくらいチンコ立つし」

しばらくたそがれる。もう夜になる。

「……取りあえず、豆を食べ終わろう」

妖怪の村

黒い小鳥が異常発生しているので、今日も区役所から、鳥注意報があった。

特に、昼は危なかった。無我夢中で飛ぶ鳥のクチバシで、思わぬ怪我をすることがあった。目を突かれて死んだ人間が、この一ヵ月で九十人を超えた。黒い無数の点でつくられた巨大な影が、町の大半を埋めている。鳴き声と、建物に飛び散る小鳥の血液と、死体と糞で町は汚れた。雨戸を閉め、じっとしているしかなかった。僕は小鳥のざわめきを消すために、部屋の中で耳栓をし、鬱々とした気分で進まない原稿を書いている。鳥避《よ》けの傘が売られているが、あれはどうも趣味に合わない。僕は基本的に、雨でも傘をささない。

夜は小鳥がまばらにしか飛ばず、日が暮れると、国から業務を委託された企業が、鳥の死体を片付け始める。各省庁の天下り先であるそのR2という会社が、小鳥の死体処理の業務を独占している。年間数百億円の税金が使われ、その全てがR2に入る。どこから現れたかわからない鳥達が、利益になると気づいたのかもしれない。役所とR2が養殖し始めたのではないか、と町には噂が流れていた。

夜になり、僕は耳を澄ます。微かな鳥の鳴き声はあるが、大分静かになっている。この部屋には僕しかいないのだが、座っている椅子の肘掛に他人の気配を感じ、腕を離した。ベッドの布団のしわが少し深すぎるように思い、目を逸らすと、壁に初めて見る染みを見つけた。段々と、胸がざわついてくる。些細なことだとわかっているのに、身体がなぜか反応してしまう。僕は現在の自分について考え、これからの自分について考える。不安は意識を向けるほど終わりがなくなり、僕は首を振ったりしながら、意味もなく部屋を見渡した。飲みたくもない水を飲み、タバコに火をつけた。書きかけの原稿を見ながら、鼓動が乱れてくる。鳥がいるが、仕方なかった。僕は気分を変えるため、靴下をはいて外に出た。

鳥に襲われた時のため、モデルガンをバッグに入れる。本当は、本物のLAWMAN MKⅢが欲しいのだが、仕方ないのでそのモデルガンで我慢する。違法に改造したから鳥なら撃ち落とせるが、効果は期待できなかった。鳥の大群が向かってきた時、一羽落としても意味はなかった。本当は、自分がその撃ち落とされる一羽になるのを恐れ、向かってこないのが賢明なのだが、鳥達は構わず向かってくる。要するに鳥は馬鹿であり、そうであるからこそ厄介だった。

自分のマンションの階段を下り、静かにアスファルトの上を歩いた。本当はやはり部屋の方が安全だが、どうしようもなかった。溜め息を何度か吐き出し、歩き続ける。R2は開発費5億円の巨大なバキューム車で鳥の死体掃除をしているが、限界があり、所々破片が落ちている。肝臓か腎臓かわからない内臓の一部があり、羽根やクチバシの一部があり、水風船が叩きつけられたような、赤い血の飛沫が至るところにあった。

またタバコに火をつけ、用もないがコンビニエンス・ストアに向かった。とりあえず、明かりのあるところへ行こうと思った。ヘルメットを被る青年とすれ違い、鳥避けの傘をさす女性とすれ違った。こういう状況下では普通仲間意識が生まれるが、みな鳥に疲れ、目も合わさない。電線に、黒い小鳥が粒のように並んでいる。並びながら、飛び立つ瞬間を待っている。電線が切れないようダミーの電線を平行に張っているが、なぜか彼らは本物の電線に止まることが多く、停電を起こす。彼らは近くに一定数集まらないと、飛び立つことはない。だが、その集合がある不確定な臨界点を超えると、休むことなく飛び続ける。したがって、鳥の数が多くなると、それだけ鳥の近くに鳥が集まることになり、鳥はいつまでも飛び続けることになる。彼らも犠牲者ではないか、という声もある。そのような習性に突き動かされざるをえない、気の毒な存在ではないかと。問題は、なぜそのような習性が、彼らのＤＮＡに埋め込まれているのかだった。味方が死んでも滅茶苦茶な条件でも、ただひたすらに、飛び続けざるをえない彼らは一体何か。誰にもわからなかった。

電線の小鳥達が、ずっと僕を見ていた。見下ろしながら何かを宣告するようで、辺りは静寂に包まれていた。用心のため、バッグの中の拳銃を意識する。襲ってきたら、無駄でも拳銃を撃つつもりだった。拳銃を撃ち続け、最後は自分を撃てばすっきりするかもしれない。鳥の群れに視線を向けながら、マンションの脇を曲がり、弱々しく光る自動販売機の前を通過した。十字路を右に曲がった時、倒れている男を見つけ、上空を見ながら鳥の有無を確認し、近くまで歩いた。まだ若い男で、頭から血を流している。本当は、こういうのは、放っておくのが普通になっている。頻繁に負傷者、死者が出るので、その回収も人々は見回りのR２に任せている。しかし、僕は声をかけることにした。倒れている人を見ると、僕はなぜか安堵してしまう。

「救急車、呼びましょうか」

男は痙攣するように動き、うつ伏せの身体を横に曲げた。なかなか端正な顔立ちをしているが、顔の全てが血で汚れていた。

「いや、いい」

「……なぜ？」

僕がそう聞くと、男は自分のリュックを指でさした。中には女性の下着が入っていた。

「ああ」

「うん、……こんな奴は、病院でも見てもらえない。怪我人ばかりだから。俺みたいな変態は後回しだ」

「……捨てればいいじゃないか」

僕がそう言うと、男は目を大きく開いた。

「これは俺の命だ」

男の顔からは、なおも血が流れている。

「やっとみつけたんだよ。……シルクで絶妙なこの薄ピンク。そしてMサイズ……。この形、手触り、完璧なんだ」

面倒くさい奴だった。

「これは、俺のコレクションの中でも最上のやつなんだ。手放すくらいならこのまま死んだ方がいい。この薄ピンクと共に」

「……世の中に完璧なんてないよ」

僕がそう言うと、男はシクシクと泣き始めた。無視すれば良かったが、彼が気の毒に思えた。

「わかった。なら、これを俺が預かるのはどうだ。それで君は救急車で病院に行く。治療してもらえる。君が退院したら、俺が君に返せばいい」

男は不満そうだったが、携帯電話で救急車を呼ぶ僕を止めなかった。男に下着をビニール袋に入れさせたが、バッグにしまう時やはり嫌な感じがした。

十分後、救急車が来たが、区役所の白い車も横についていた。救急車から白い服を着た三つ子のような救急隊員が降り、区役所の車からは、スーツを着た職員とカメラを持った男が出てきた。カメラの男がいきなり写真を撮り始め、スーツの職員が無表情で近づいた。彼はなぜか、僕に名刺を渡した。鳥課の情報部の職員と書いてある。

「今から、我が区役所の天下り先であるR14、その写真販売部所属のカメラマンの撮影があり、被害者の彼に、被害状況について聞きます」

「早く連れてけよ」

「決まりですから」

下着の男は、自分が下着を盗んだことは伏せ、歩きながら気分が高揚し、はしゃいで石を蹴ったら鳥に当り、群れが飛んできたと言った。職員はメモし、携帯電話でどこかに連絡していた。男はやっと、無表情の三つ子のような隊員に担架に乗せられた。

「約束……守れよ」

男は担架で運ばれながら、僕の目を見た。これほど誰かに見つめられたのは、久し振りのことだった。

「俺の携帯に連絡してくれ。もし約束を守ってくれたら、お前の言うことを何でも一つだけ聞くよ。０９０……」

僕はそれをメモし、変態を乗せた救急車を見送った。区役所の職員は車に戻ろうとせず、電線に止まる鳥達を無表情で眺めていた。ベルトが合わないのか、彼のズボンが少しずつ下がっている。

「なんとかならないんですか」

僕がそう言っても、彼は鳥から視線を逸らさなかった。外の空気は冷え、立ち止まっていると寒さを感じた。カメラマンだけがゆっくり車に戻った。

「……無理ですね」

「あなた達が養殖してるって噂もあるんですよ」

彼はまだ、視線を変えなかった。その仕草には、どこか芝居めいたものがあった。

「……いくらなんでも、そこまでしませんよ。私達も残業でうんざりしてるんだ」

「……自衛隊は？」

「無理です。鳥達はね、一匹殺すと増えるんだ」

「そんな馬鹿な」

僕がそう言うと、彼は溜め息を吐いた。

「……本当です。どういうことかよくわかりませんが、殺す度に、増えていく」

彼の声は小さかった。

「中途半端な攻撃じゃ逆効果なんです。催涙ガスも、毒薬も効かない。生命力が、圧倒的なんです。……大体、これだけの数、どうやるんです？　爆弾を撃ち込むわけにもいきません。街中ですから。そんなことをしたら建物の損害賠償で国は破産です。日本中がこうだから」

彼はそう言いながら、下がってくるズボンを上げ、ベルトを締め直した。

「それは……」

「人間の軍隊は、人間を殺すのに長けていますが、人類の共通の敵を殺すのに全然役に立ちません。……基地のアメリカ兵も全員引き上げましたし」

彼はタバコに火をつけたが、その僅かな火でも、鳥達を気にしているようだった。

「多くの日本人が、海外に脱出しています。……たくさんの金持ちが。でも、彼らが鳥を連れてくると風評が広がって、各地で迫害されて戻ってくるんです。酷いですよ。色々な国も、日本に深い同情を寄せると声明だけ出して、何もしない。どこも、自分達の国が巻き込まれないために必死です。……それだけ深刻なんです。今全ての国のミサイルが、日本の方向に向いています。鳥の大群がもしやってきた時のために」

「馬鹿みたいですね」

「深刻なんですよ」

彼はポケットに手を入れながら、さりげなくまたズボンを上げた。

「政治家達も、急に道路ばかり造り始めました。利益を得るためじゃないです。何というか、最後は自分達の習性に忠実でいようとする、やけくそ花火ですね。凄いですよ。みんな笑いながら泣いて、道路を作ってるんだから。恐ろしい光景です」

男の声に鳥が騒ぎ始め、低い鳴き声が響き始めた。「ダア」「ダア」と、それは人間の声のようにも聞こえた。

「あなたも早く帰った方がいい。今この国を衛星写真で見ると、真っ黒ですから」

彼はそう言い残し、ズボンを押さえながら車に戻った。ワイパーには、鳥の足が枯れた枝のように引っかかっている。

僕は一人になり、コンビニを目指した。バッグから拳銃を取り出そうとし、下着の入った袋にふれてしまった。ほとんどの店が営業を中止している中、コンビニだけは開いていた。水袋のような腹から細い足を突き出し、まるでそうやって死ぬことが目的であったかのように、七羽の鳥が仰向けに膨らみ、道路の中央で死んでいた。横断歩道を渡り、シャッターの閉まったスーパーの前を通り過ぎる。放置された多くの自転車のあらゆる隙間に、鳥達がクチバシを入れたまま死んでいた。金網に引っかかりながら死に、こちらに膨れた腹を見せながら死に、クチバシを裂けたように開けながら死んでいた。コンビニの光に照らされた駐車場は、赤く黒く汚れていた。また少しずつ、胸がざわついてくる。僕は仕方なくその上を踏みながら中に入った。

店内には、薄汚れた中年の店員がいた。レジのカウンターに弁当が山積みになり、彼はその一つ一つをスキャナーで処理していた。廃棄弁当だと思いながら店内を眺め、自分が朝から何も食べていないことに気づき、幕の内弁当と、コーヒーを持ってレジに向かった。店員の男は、曇った眼鏡越しにぼんやりと僕を見続けていた。

「今日は鳥が多いのに、よく来ましたね」

男は僕に断りを入れず、弁当をレンジに入れた。彼は何かを待ち構えていた様子で、僕の顔を食い入るように見ていた。

「……どうです？　この廃棄弁当の山。『鳥鳥弁当』っていうんですよ。『こういう時こそ鳥肉が売れる』本部の考えです。馬鹿ですよ。誰が食べたいもんか」

男はゆっくりと、レジから釣銭を出した。

「こんなもの売ったら、鳥が怒って突っ込んでくるかもしれない」

「……店を休みには？」

男は僕の質問を無視し溜め息をついたが、なぜか嬉しそうだった。

「あの鳥どこから来たか、考えたことありますか？　色々噂があります。渡り鳥が突然変異したとか、火山から湧いてきたとか……。でも、私の知り合いの知り合いのおじいちゃんが言うには、人間の頭から出たっていうんです」

「そんな馬鹿な」

僕がそう言うと、男の声は伸びやかに高くなった。

「こういう時は色々噂が出ますから。人間の頭から鳥が湧き出る瞬間を、その知り合いの知り合いのおじいちゃんが見たっていうんです。まあ、月から飛んできたのを見た、と言う人もいますけど」

「区役所が養殖してるんですよ」

「ああ、そんな噂もありますね」

温めの終わりを示すレンジ音が鳴ると、男は肩を落とした。

「最近、コンドームが売れるんです」

「コンドーム？」

「……はい。何ででしょうね」

その時、窓に何かがぶつかり、続いて、また何かがぶつかる音が聞こえた。鳥だろうと思い振り返ると、やはり鳥が、頭蓋骨をじかにぶつけるように窓に当たり、地面に落ちていた。僕が弁当を受け取るため手を伸ばした時、店員の男が何かを言った。振り返ると、黒い砲丸のような無数の鳥が窓に当たり続けていた。その一つが窓を割った瞬間、その割れ目から黒い鳥の大群が溢れた。男が、僕の手を引いた。レジのカウンターに乗り上げ向こう側に落ち、見上げると、窓の破片が宙に飛び散る中で、鳥達が次々と商品の棚にぶつかり、抜け落ちる羽根と生臭いにおいが店を覆った。窓の割れる音、棚の倒れる音が響き、黒い鳥達は店内に突進し続け、複数の洗顔用品やアルミホイルやチョコレートやカップ麺が宙に飛んだ。照明が割れ、バチバチと鳴る火花にまた鳥が当たり、「ダア」「ダア」と苦しげな声の重なりの中で、ドリンクの並んだウォークインの透明なガラスが割れ、ペットボトルが飛び、缶コーヒーやビールも飛び、ポテトチップスと割り箸と歯ブラシと弁当とサンドイッチが火花のように弾けた。

「こっちです」男が叫んだ。「事務所に」

男は這うように事務所のドアを開け、僕を引っ張り込んだ。黒い鳥達は店の全てを埋め尽くそうとし、あらゆるものにぶつかりながら死に続け、外からは、中に入れない無数の鳥達が、つっかえるように、その鳥自体にぶつかり始めていた。流れを変えた数羽の鳥がカウンターに入った時、店員の男は事務所のドアを閉めた。いくつもの砂袋がぶつかるような重い衝撃で、薄いドアが何度も揺れた。店員の男はロッカーをずらし、ドアに押し当てた。

「罰だ。鳥鳥弁当のせいだ！」

「そんな馬鹿な」

「いや、ここが初めてじゃないんです。宇都宮でも高崎でも、ちくしょう！　鳥鳥弁当！」

ドアの向こうで、いくつもの棚が倒れ、あらゆる商品が乱れ飛ぶ音が鳴り続けている。鳥が激突する度に、ドアを押さえるロッカーが揺れた。

「逃げてください。裏口があります」

「コンビニに裏口なんてないでしょう」

「あるんです。つくりました」

男は事務所の中の、不自然に新しいドアを指した。

「……あなたは？」

「私は残りますよ。……コンビニ歴十五年ですから。でも嬉しいです。最後に何かのためになれて」

「でも僕は、そんな犠牲を払うべき存在じゃないです」

「あなたはまだ若い」

僕は、ぼんやりと店員の男を見ていた。

「……僕は、些細なことで胸がさわいでしまう。……踏切や、細い紐や、スピードを上げた自動車や……」

「がんばれば、いいじゃないですか」

「もっと言いましょうか。今の僕は……」

男を説得しようと思ったが、ヘラヘラと笑う彼を見て、諦めることにした。鳥がドアを突き破ったら逃げてくださいと何度か言い、裏口から外に出た。だが、すぐ前の電線に、たくさんの鳥が集まり始めていた。鳥が鳥を呼び、その数がどんどんと増えてくる。電線が重みで切れようとした時、空気が激しく震えたような気がした。鳥が一斉に飛び立つ気配を感じ、僕はバッグの中のパンティーを投げつけようとしたが、そんなものでどうにかなるわけもなく、咄嗟に、手に持っていた幕の内弁当を投げた。その瞬間、鳥達は落下し、弁当が落ちた地面に激突し始めた。クチバシが折れ、ホースの先のようになった柔らかい口を穴のように開け、鳥達は弁当に群がり、一瞬にしてその場所は黒い塊となった。町中のスピーカーから、深夜であるのに区営放送が流れ始めた。いくつものスピーカーから流れるので、音の反響がうるさかった。「えー、夜分遅くでありますが、板橋区が、鳥危険度レベル5となりました。ハアハア、ついに5です！　市民の皆様は、雨戸を閉め、R16仕様の強化板を設置してください。皆さん、愛です。愛の力で乗り切りましょう！　飼い犬が食い殺される被害も報告されています！　飼い犬を助けようとした子供が、たった今食い殺されました！　感動です！　皆さん、この子供に金メダルをあげようじゃありませんか！　愛ですよ！　金メダルです！」

僕は鳥達の鳴き声が聞こえない方、その気配が薄い方へと、急いで歩いた。だが、いくら歩いても、まだ頭上には鳥が飛び交い、電線やマンションのベランダにも鳥の姿がある。黒い鳥達は旋回しながら町の上空を飛び続け、渦を巻くようにその動きが段々と激しくなった。息が上がって立ち止まり、美観のための木からぶら下がったミノムシを見て、また動悸が激しくなった。どこにも行く場所が見つからず、周囲を見渡したが、僕は結局自分のマンションに戻るしかなかった。

頭上を気にしながら歩いていると、前に、黄色いコートを着た女が歩いているのに気づいた。鳥避けの傘を手にしながら、ちらちらと、僕の方を振り返っている。この状況で外にいて、傘もさしていない僕を不審に思ったのかもしれない。逃げ帰る方向が一緒だから仕方ないのだが、女はますます、振り返る頻度が高くなる。暗闇の道に、彼女の黄色いコートがぼんやり光って見えた。怪しまれるのを避けるため、回り道になるが右の角を曲がった時、その道にも、前を歩く別の女がいた。

こんな時間におかしいと思いながら、仕方なく歩いた。だが、その赤い服の女も、僕を振り返って確認するのだった。女の後ろ姿は美しく、スカートから伸びた足の肌色が、暗闇の中に、何かの道しるべのように浮かび上がって見えた。追い抜こうと思った時、女は短い声をあげ、その場から走り出した。鳥かと思ったが、後ろから鳥が来る気配もなかった。無罪を証明するため追いかけようと思ったが、そうすればもっと怪しくなるのは明らかだった。しかも僕のバッグには、女性の下着が入っている。諦めてまた右の角を曲がった時、そこは、一本の長い道になっていた。このような道があっただろうかと思った時、またも前に、女の人が歩いていた。彼女は白いコートを着ていた。

僕は、さっきの道に戻ろうか、考えた。だが、逃げた赤い服の女がそこにいて、この人痴漢ですと騒がれたら、パンティーを所持してる僕に、言い訳などできなかった。どうすればいいか、迷いながら歩いたが、その白い服の女は、僕のことに関心がないというように、前を向いて歩いていた。僕は安堵し、彼女との距離がもっと近くなるように、足早に歩いた。心臓の鼓動が、少しずつ早くなっていた。邪魔になると思いコーヒーの缶を投げ捨てた時、机を木槌で叩く乾いた音が聞こえた。

軽い耳鳴りがし、視界が揺れた時、辺りに鳥の姿がなく、鳴き声や羽音も聞こえないことに気づいた。その代わりに何かを読み上げる声が響いたが、それはさっきの区営放送ではなく、何を言っているのか不明瞭で聞き取れなかった。周囲の民家は二階建ての造りにしては高く、皆同じ外観をし、僕を頭上から見下ろしているように思えた。その建物の窓の向こうに、大勢の観客がいるように思う。読み上げが終わり、何かを決定するように、もう一度机を木槌で叩く音が響いた。背後が気になり、振り返ったが、そこにはただ真っ直ぐな道があるだけだった。また視線を戻すと、前を歩いていた白い服の女が立ち止まっていた。彼女はこちらを向き、真っ直ぐ僕を見ている。僕は驚き、心臓に鈍い重みを感じた。

「いや、違うよ」

僕はそう言い、善良な態度を意識した。僕はその気になれば、いくらでも常識的な態度を見せることができた。

「あなたの後をつけてたわけじゃなくて、ここは帰る方向で、いや、帰る方向じゃないんだけど、なんというか、この道を歩くしかなかったから」

僕はそう言いながら、考えがまとまらなかった。

「うん、とにかく、違うんだ。誤解だよ。なら、道の隅っこに寄るといい。僕はあなたから離れて、追い抜いていくから。無罪だ。大丈夫。僕は無罪だ」

女は、無表情に僕を見ていた。美しいとは言えないかもしれないが、目が細く、唇が横に長く、スタイルのいい女性だった。

「鳥が……」僕は、女の顔を見続けていた。「鳥が、僕の原稿を、食い破っていくから」

――言い訳だね。

女が、そう声を出した。どこにでもいるような、普通の女性の声だった。

「え？」

――でも仕方ないね。未遂でも、こうなってしまったんだから。

彼女はそう言うと、僕の前を歩き始めた。僕はよくわからないまま、彼女の後ろを歩いた。

「あの、何が？」

――え？

「ここに鳥はいないよ」

――鳥？

彼女に続いて角を曲がると、畑が広がっていた。意味がわからないまま歩いていると、
一匹の犬が近づいてきた。暗くてよくわからないが、普通の犬より、やや大きい気がし

た。これ以上近づいたらどうするか迷った時、犬は消え、道の向こうに、白い屋根の民家が見えた。女は立ち止まり振り返ると、「ここ」と言って玄関の引き戸に向かった。引き戸は、黒い鉄格子になっていた。０３４と書いてある。心臓の鼓動が乱れた。

「いや、でも」

「仕方ないよ。あなたの意志じゃなかったとしても」

彼女に続いて家に入ると、中は暗かった。彼女は鉄格子の引き戸を閉め、重いカギをかけた。部屋のランプがつくと、古びた畳と、小さなテーブルが浮かび上がった。

「お風呂に入った方がいい。……頭に、鳥の足みたいなのが引っかかってるし、肩や顔に糞がついてる」

僕は彼女に言われるまま風呂場に行き、身体を洗った。冷めた湯船につかり、清潔なタオルで身体を拭いた。入院患者が着るようなダブついた薄いガウンがあり、それを羽織ってまた部屋に戻った。彼女の姿がなく、探そうとした時、上から声が聞こえた。階段を上がると、一人用の白い布団の脇で、彼女が三面鏡の前に座っていた。

「服、それしかないから。着替えとか、持って来れば良かったのに」

彼女はそう言うと、僕のバッグを勝手に開けた。中には、モデルガンと、女性の下着が入っている。

「ああ」と彼女は言った。「こういうのが、必要だったんだ」

「下着は違うんだけど……」

僕はまた三面鏡に向かおうとする彼女を後ろから抱き、何かの我がままのように、彼女と一緒に布団に入った。


まどろみの中で、遠くから声が聞こえた。誰かが誰かと相談する声だった。妙な夢を見たと思いながら目を開けると、そこはまだ昨日の彼女の部屋だった。僕は全裸のまま布団の上に座り、しばらく呆然としていた。天井は低く、壁は土壁だった。引き戸が開き、彼女と、続いて年老いた男が入ってきた。年老いた男は両目が不自然に大きく、口を開け舌を伸ばしていた。僕はぼんやりしたまま、その男を見ていた。男の舌は、少し長過ぎるように思えた。自分が全裸であると意識の隅で思ったが、身体がなぜか動かなかった。

「まあ……気に入っちゃったんならしょうがないけど。どこがいいのかわからんけど。でもまあ、みんな、お前の言うことは聞くし」

「うん」

「せっかく、久しぶりだと思ったけど」

年老いた男はそう言うと、やがて背を向け、階段を降りていった。男は白衣をまとい、聴診器のようなイヤホンをし、腰には、玩具のような尻尾が付いていた。男の座っていた、キャスターのついた丸い椅子が取り残されている。辺りは静かだった。子供の騒ぐ声が聞こえたが、それは随分遠くだろうと思った。

「今のは、私のおじいちゃん」

「……ファンキーだね」

「なんで?」

彼女は、三面鏡の前で化粧をし始めた。

「尻尾なんかつけて」

「あれ本物だよ」

彼女は口紅を塗っているところだった。

「大丈夫だと思うけど、あまり私から離れない方がいいよ」

「なんで?」

彼女の唇が、赤く濃く、美しくなっていった。

「特に目をかじるから」

ちゃぶ台の上の茶色い湯呑から、温かい湯気が少しずつ出ていた。

僕のモデルガンは燃えないゴミに出され、女性の下着も処分されそうになったが、あの男との約束があるので、取りあえず彼女が預かることになった。外に出ると、たまに巨大な犬に襲われそうになったが、そういう時は、住人が「彼は夏目さんとこの」と止めてくれた。若く尻尾が三つ生えている男達に、「まじ、人間？　やばくね？　久しぶりじゃね？」と取り囲まれた時も、付近の住民が、「彼は夏目さんとこの」と言ってくれた。僕は「夏目さんとこの人」と認知され、近所の子供達に読み書きを教えた。時々、お腹を空かした子供にかじられることがあったが、その時は、「ダメだよ。僕は夏目さんとこの人だよ」と自ら言った。

朝の六時になると、僕だけなぜかラジオ体操をさせられ、夏目さんの食器は漆塗りの上質なものなのに、僕のはなぜかプラスチックのおわんと浅い皿と決まっていた。支給された水色の薄いガウンは汚れると夏目さんが洗ってくれ、それが乾く間も、また同じ色の薄いガウンを着せられた。三時になると饅頭などのおやつがあり、それが終わるともう一度ラジオ体操があり、夕食の時間まで、僕は村の中を歩いた。まだ尻尾の生えていない子供の凧上げを手伝ったり、重い荷物を運ぶ老人の荷物を持ったりした。あまり遠くに行くと僕を知らない者達がいて危なかったが、数日もすると大体みな僕のことを覚えた。

夕食を終え、風呂に入ると、夏目さんが迎えてくれた。夕食の間、というより、朝に目を覚ましてからいつも、僕は夏目さんのことばかり考えていた。だが、昼食のあとに僕が手を伸ばしても、夏目さんは同意してくれず、いつも夜まで待たなければならなかった。僕は夜の間、ずっと夏目さんとセックスをし、終わる度に、自分がなぜか薄れていくのを感じた。夏目さんはセックスの時、僕の中の何かを吸い上げているのかもしれない。夜のオレンジのランプに照らされた夏目さんは美しく、時々顔や身体が変化し、僕は混乱しながら、しかしその混乱の中に入り込んだ。

目を覚ますと、もう夏目さんはいなかった。いつも僕が目を覚ますと朝食の準備をしているのだけど、今日は遅くまで寝てしまったようだった。いつも来る、青い制服で警棒を持っている気持ちよく太った女が僕を起こし、ラジオ体操をさせた。朝に身体を動かすのは、なかなか気持ちのいいことだった。ラジオ体操を見届け、僕が朝食をとるのを見届け、その女は帰っていった。昼食まで何をしようかと思っている時、夏目さんの祖父が入ってきた。白衣を着、手にメスを持ち、腰から伸びた尻尾が上下に動いていた。彼は僕をいつも凝視するので、二人きりになると決まりが悪かった。

「お前、早く出かけろ」

彼はそう言って、鉄格子の引き戸を顎で指した。

「いや、昼食まで、何をしようかと」

「早く出かけろ。本当に、どこがいいのかわからんけど」

彼の視線が僕の目にじっと向けられていたので、僕は外に出た。昼食の時間には戻らなければならなかったが、天気も良く、僕はゆっくり歩いた。土の道を歩き、プレハブの長屋の脇を通り抜け、薬屋のおばあさんに挨拶をし、銭湯の前を通り過ぎた。空き地に子供達が集まっていて、覗くと、彼らはみな大きな亀をいじめていた。亀は、僕を恨めしそうに眺め、「ほら、早く」とでも言うように、口を動かしていた。だが、僕は嫌な予感がしてそのまま通り過ぎた。

松の木の陰に座り、おやつの時間に支給され、密かにポケットに忍ばせておいたアメを舐めた。遠くの林に、柿の木があった。その柿の木に蟹が登ろうとしているのを見ながら、あの蟹は中々やるなと声に出した。わざわざ声に出したのは、僕の気分が良かったからだった。だがその時、後ろから声をかけられた。

岩陰から、若い男が顔を出している。僕が驚くと、「やっぱりだ」と男は言った。

「尻尾がない。俺も。ほら」

彼はそう言いながら、手を広げた。肩口から、血を流している。僕は意味がわからないまま、彼を怯えながら見た。

「なんで、お前そんな呑気にしてるんだ。ちょっと待てよ。おい、こっち来てくれ、これ以上行けない」

彼は周囲の視線を避け、また岩陰に潜み、僕を手で呼んだ。彼は警察官のように見えたが、その制服は警察のものより幾分地味で、色も薄く、似ていたが違った。僕が岩場に近づくと、彼は喘ぐように口を開いた。

「お前は……隠れないで大丈夫なのか」

「僕は、夏目さんとこの人だから」

「夏目……？　まあいいや。どういうことなんだ。受け入れられてるってことか」

「そうだね。時々、子供にかじられるけど」

僕はそう言いながら、彼の肩から流れる血を見ていた。彼は、また喘ぐように話し始めた。

「俺は……、意味不明に、ここに来た。驚いたよ。鳥がいないんだから……だけど食われそうになる。そして出れない。帰り道がない。奇妙過ぎる」

僕は、どこが奇妙かわからなかったので、首を振った。

「まあいいや……で、これは大発見だと思うんだ。鳥がいない場所がある。この日本に。俺がもしこの情報を祖国に持ち帰ったら、俺は英雄になれる。鳥から国民を救えるかもしれない」

「鳥？」

「日本中鳥だらけだよ。知らないのか」

目の裏に、腹の膨れた、無数の鳥の姿が浮かんだ。

「ああ、今どうなってるんだ」

「酷いよ。鳥がついに、人間自体を狙い始めたから」

「自ら？」

「そうだよ。もう数千人が死んでる。数万になるのも時間の問題だ」

男はそう言うと、なぜか笑みを浮かべた。

「つまり、ここから出る方法を探すんだ。二人で。実存主義を土台にしながら、構造主義もポスト・モダンとかも一応考慮に入れ、かつ新しく。……いつものように、お前の病んだ精神を総動員すればできるんじゃないかな。ポイントになる人物の意識を分解していけば、俺たちは出られる」

「ポイント？　……何かアバウトだな」

「あんまりディテールに凝ると、今のお前の神経じゃもたないんだよ。……わからない奴だな。脱出する物語をつくるんだよ、自分で」

僕は、吐き気の感覚に喉がつまった。

「……ここから出て、何を？」

僕がそう言うと、男の声は何かから逃げるように、急に幼くなった。

「決まってるじゃないか。この場所を日本政府に報告するんだ」

男の声が、どんどんと幼くなる。

「そして侵略する！　大日本帝国の名にかけて！　女は捕虜に、男は皆殺しに！　そして我が日本はこの地に降臨し、世界のリーダーになる。俺たちは英雄だよ！　金メダルだ！」

男がそう言うと、男の肩から流れる血液が噴水のように飛んだ。

「その……ポイントというのは……」

「夏目さんだよ。物語の常識だぞ」

僕はまた、吐き気が込み上げた。

「残念だけど、協力できないよ。なんか馬鹿馬鹿しいし」

「は……？　英雄になれるんだぞ？　まさかお前、俺を密告する気じゃ……」

「言わない。言わないけど、協力もできない。物語とかどうでもいいんだ。僕は疲れてるから」

僕がそう言うと、彼はその場から消えるように走り去っていった。妙にあっさりしてると思ったが、僕は安堵した。口の中のアメを舌で転がしながら、林の中に入った。林にしては木々が少ないと思った時、少しずつ木が増えてきた。近道をしようと思ったのだが、そこにはさっきの蟹がいた。蟹は柿の実を取ろうと、懸命に木によじ登ろうとし、滑り、落下するのをくり返していた。僕はなぜか、シーシュポスの神話を思い出した。

「酷いと思わないか?」

見下ろすと、蟹が僕に向かってそう言っていた。眉毛が太く、なかなかダンディな蟹だった。

「これは俺の希望なんだ。……猿が来て、柿の種とポテロングを交換した。猿に騙されたんじゃない。決してそうじゃない」

僕は蟹がしゃべりやすいように、アメを舌で転がしながら、その場にしゃがみ込んだ。

「ポテロングですぐ得られる幸福より、時間のかかる、もっと大きな希望が欲しいと思った。その方が、この人生をやり過ごすのに丁度いい。だけど、いざ柿の実がなったのは、遥か頭上だった。俺の手が届かない高さ」

蟹は自分のハサミになった手を、上空に伸ばした。

「目の前に希望がある。はっきりと。なのに届かない。しかも、それに決して届かないことも、俺はわかってるんだ。しかし俺は上る。上らざるを得ないから。それが人間、いや、蟹だからだ。俺は落下する。痛みを覚えるけど、また上ろうとする。これが人生だよ。つまり、俺が手に入れたのは希望や幸福じゃなくて、人生の正体だ」

僕と蟹は、柿の木を見上げた。

「しかも近頃は、嫌な夢を見るよ。……あのポテロングと柿の種を交換した猿が、お互いの希望を交換したあの猿が、この柿の木に登ってくんだ。俺は下で愚かにも、『おいらにもくれよう』と叫んでる。そしてね、猿は柿の実をつかむと、下にいる俺にぶつけるんだ。希望がね、俺に激しく落下する。俺はその人生の希望そのものに、それを望んだことへの報いのように、押しつぶされ、身体を砕かれ、泡を吹いて潰れて死ぬ……。人生の真実も知らない猿によって！」

蟹はそう言うと、涙を流し、口から泡を吹いた。僕も、それにつられて泣いた。

「なら、僕がよじ登って、君の希望を取ってくる」

「アホか！」

蟹が突然叫んだ。

「それじゃなんの意味もない。お前は馬鹿だ！」

昼食の時間になり、僕は急いで家に帰った。鉄格子の引き戸を開け、ちゃぶ台の前で正座すると、夏目さんが昼食を用意してくれた。プラスチックのおわんやお皿に、野菜の煮物や玄米やサラダが盛られている。僕はいただきますと言い、ごちそうさまでしたと言って食べ終わった。夏目さんが、優しく僕を見て微笑んでいた。

「あのさ、言いにくいんだけど」と僕は言った。

「なに？」

「うん、ここにいても、日本のことはわかる？」

夏目さんは、何だそんなことかと言うように頷いた。

「わかるよ。ＢＳは映るから」

「ああ、なら、どうなってる？　向こうは鳥は酷い？」

「鳥？　ああ、鳥ね。うん。そうみたい。死者が数万人になるだろうって」

あの男が言ったことと、符合しているようだった。

「頼むのは難しいのかもしれないけど、僕の読者を、助けることはできないかな。僕の読者と、これから読者になるかもしれない、そういう可能性をもっている人達を」

「……やれないことはないかな。ちょっと時間がかかるけど、鳥にぶつからないようにすることなら。他には？」

「うん、それをお願いしたくて……」

「じゃあ、おやつの時間まで、ごめんね」

夏目さんは、そう言って僕に手錠をかけた。

手錠があると中々動きにくいが、僕は部屋の中でクロスワードパズルをした。この三マスは掟の門で、そうなると、この二マスが門○になるから、○の部分は番で、門番がわかればあとは簡単だった。点呼番号、点滴器具、具体的事例となって、判例、判決、決定、指定、指導、指名手配、夕食配当、そうやっているうちにおやつの時間になり、夏目さんが優しく手錠を外してくれた。僕はおやつのきび団子を食べ、またアメをそっとポケットにしまった。アメをポケットにしまう時、僕はいつも少しドキドキした。僕は鉄格子の引き戸から外に出て、右足から歩き出した。右足から歩くといいことがあると、僕は最近気がついていた。

見張りの塔の前を通り、お灸屋と金物屋の間の道を過ぎると、熊と男が相撲を取り、男が勝利し、子供達が歓声を上げていた。男はおかっぱ頭で、赤いダイヤの形をした布で体の正面を隠していたが、後ろは丸出しだった。丸出しの腰から、尻尾が生えている。

「丸出しだね」

僕は、取り組みが終わり、汗を拭いているその男に声をかけた。

「ああ、丸出しだよ。しかも熊に乗る」

「そのまま日本に来たら、警察と病院が全力で君を奪い合うよ」

「日本……？　君は、ああ、久しぶりの」

「いや、僕は夏目さんとこの……」

「なんだ、そうか、久しぶりだと思ったのに」

男はタオルで汗を拭い、熊を呼んだ。敗者である熊は、大人しく彼の側に歩いてきた。

「君は普段何してるの？」

「熊と相撲を取って、熊にまたがって散歩してる」

「無職？」

「そうだ」

「要するに、変態ということでいいのかな」

「君は嫌なやつだな」

「その髪型は、君の全力？」

「君は嫌なやつだ」

その時、相撲を観戦していた子供達が、村の奥へ駆けていった。おかっぱの男は舌を出し、熊にまたがり雄たけびを上げた。

「間違いない。人間だ！」

「え？」

「人間が捕まった。行こう」

おかっぱの男は僕を先導しようとしたが、熊にまたがっているため遅かった。群集を分けて広場の中央に向かうと、男が数人の若者に取り押さえられていた。さっき僕に声をかけた、青い服の人間の男だった。

――よし、今日は宴だ。

――久しぶりだ。いやあ、お前達よくやった。

「畜生、俺は優秀なる日本民族だぞ！　何が優秀か根拠はないけど！」

――久しぶりだ。久しぶりだ。

男は、尻尾が数本生えているまだ若い男達にロープで縛られ、丸大ハムのように、担ぎ上げられながら運ばれた。その周りを、老人や子供達が歓声を上げながら追いかけていった。

「……彼はどうなる？」

「祭りの生け贄にされる」

おかっぱの男は、そう言って唇を舐めた。暑いのか赤い腹掛けで顔を扇ぎ、そのことにより彼の全てが丸出しになった。

「そして？」

「食われる。当然だ。肉片は細かく裂かれ、各村人に配られる。美味だぞ。射精するくらい旨い」

「ああ……」

「生け贄という概念は、真実を得てると思うね。何かを得るのなら、何かを失わなければならない……。運命にあの男を捧げることで、村人の幸福を祈願する。俺もこの姿と引き換えに世界に定着した。お前も自分の小説を残したければ、命を捨てることだ」

男はそう言うと、また雄たけびを上げた。

僕はポケットに忍ばせたアメを舐めながら、夏目さんの家に向かった。ちょうど夕食の時間というのもあったけど、どうにかして、あの男を助けられないかと考えたからだった。僕は歩きながら、彼について物語を練ることにした。彼が本当は、この村で働くためにやってきたと、そういう話をつくろうと思った。でも、どれだけ考えても、なぜかどのようなあらすじも思いつくことができなかった。

夏目さんの家の鉄格子を見た時、自分が舐めているアメを思い出し、慌てて噛んだ。鉄格子の引き戸を開けて中に入ると、もう夕食の時間だった。僕はまたあの男を救うあらすじを考えようとしたが、頭が痛くなり、思いつくことができなかった。夏目さんのおじいちゃんが来ていて、もごもごと口を動かしている。僕はそれを見ながら、彼もアメを舐めているのだと思った。

「ニュースよ。人間の肉。ご馳走」

夏目さんが笑顔を見せた。

「……え?」

「どこからか入り込んだみたい。村の女の子を襲おうとして、若い人達が取り押さえたの」

おじいちゃんが口の中に入れているのは、もしかしたら、彼の目なのかもしれない。

「ほら。あなたも食べなさい。美味よ。濡れちゃうくらい美味しい」

「いや、僕は……」

目の前に、お皿に載ったハンバーグがある。

「何言ってるの。あなた達だって、牛とか豚とか食べるでしょ?」

「まあ……」

「恋愛中の豚だって食べるし、母性愛に満ちた牛だって食べる」

「それを言われちゃうと……」

僕は頭をかいた。

「いい？　……生物は、大昔、一つの有機物の生命体だったの。だから、私達はみんな分身。分身がお互いの命を維持するために、常に古い分身を食べる。そーいうこと」

しかしどうも、僕には食べる気が起こらなかった。

「うん。わかってるんだけど、まだ覚悟がないんだ」

僕が言うと、おじいちゃんが笑った。

「いや、笑われるだろうけど、何というか……」

僕の様子を、夏目さんも笑った。

「わかった。でももったいないな。美味しいのに。あなたにはいつもの野菜をあげる。食べたら、先に布団に入ってて。後からちゃんと行くから」

夏目さんがそう言うと、おじいちゃんが「どこがいいのかわからんけど」と不満そうに言った。


僕の頭に一本の白髪を見つけたのは、いつの頃だったか。つい最近のような気もするし、随分と前かもしれなかった。文房具屋のおばあちゃんを背負って帰った時も、翌日筋肉痛になったのだけど、その痛みがなかなか消えなかった。僕は溜め池の水面に映った自分の顔を見ながら、見た目はそれほど変わらないと思った。でも、自分の顔は毎日見ているのだから、自分ではわからないのかもしれない。

子供達に読み書きを教えて、近所の草むしりを手伝って、夏目さんの家に戻った。正座をし、いただきますと言って、ごちそうさまでしたと言って食べ終わった。そわそわしながら布団で待っていると、夏目さんが静かに入ってきた。今日の夏目さんは少し目尻が上がり、唇が厚くなっていた。僕は夏目さんを布団の中に入れた。夏目さんの身体は、いつも柔らかかった。

「夏目さんは、歳を取らないの？」

僕は夏目さんの横で仰向けになりながら、天井を見上げて言った。

「取るよ。ただ、あなたの寿命の何倍かあるのかな、いや、どうだっけ」

「じゃあ、僕が先に消えてしまうんだ」

僕はそう言ったが、自分が安心しているのか、寂しいのかよくわからなかった。

「なんか、ティト何とかと、エオ何とかみたいだな。まあ、僕は美青年じゃないけどさ」

「……ティト？」

夏目さんが、問いかけるような目を向けた。

「うん。ギリシャ神話だよ。エオ何とかという神に気に入られたティト何とかは、エオ何とかと毎晩セックスするんだ。でも、人間であるティト何とかは、どんどん歳を取ってしまう。片方は永遠に若いんだけどね」

「まだそんなこと覚えてるの？」

夏目さんが笑った。

「そんな話より、鬼退治の話の方が面白いよ」

「そう？」

「うん。川から、大きな桃が流れてくる。川で洗濯をしてるおばあちゃんの元に、『どんぶらこ』『どんぶらこ』って。川から流れてくる大きな桃、その様子を表現する時……、『どんぶらこ』という擬音語は、恐らく最上の表現よ」

僕は夏目さんの奇麗な顔を、ぼんやりと見た。

「本当だ」

「そうでしょう？」

「そうか、どんぶらこ、か。どんぶらこ、どんぶらこ」

そう言った時、僕はなぜか涙が出た。

「あの……、さっきしたばかりでも……」

「いいよ」

夏目さんは、笑顔でそう言ってくれた。

「日本が、大金持ちになったけど」

溜め池の水面で自分の顔を見ていた時、いつの間にか近くにいた夏目さんのおじいちゃんが、そう言った。白衣を着て、聴診器のようなイヤホンをつけ、キャスターのついた丸い椅子に座っている。

「……日本？」

「鳥注意報の」

目の裏に、腹の膨れた鳥達の映像が浮かんだ。

「ああ、え？　お金持ち？」

「そうだけど」

おじいちゃんは丸い椅子から降りて僕と一緒にしゃがみ、池の水面を見た。

「R2という会社が、鳥の資源化に成功したんだけど。詳しいことは公にされてないけど、どうやら、鳥の発生源を突き止めたらしい。……今、日本は資源大国。鳥の死体を燃料にして、自動車も走るし、電気もつく。鳥は次々と生まれるから、次々と殺してるみたいだけど」

「へえ」

僕は感心した。

「だから、みんな幸福になったらしいけど。R2は、あらゆる国の企業の株を買い取って、君臨してるけど。子会社も、R120にまで増えてるけど。まあ、気の毒なのは鳥だけど。まさか人間達が自分達の肉体を砕いて自動車を走らせるなんて、思ってもなかっただろうけど」

おじいちゃんは、もう出て行けというのかと思ったのに、それだけしか言わず、夕食の時間だけどと言ってくれた。僕は嬉しかった。

夏目さんの家に戻ると、もう夕食の準備ができていた。野菜の煮物と、大豆のハンバーグだった。正座をしていただきますと言うと、夏目さんが日本のことを僕に言った。「お金持ちになったって。凄いね」夏目さんは、僕に笑顔を向けた。

「うん。凄い」

「良かったね、日本がそうなって」

「うん。良かった」

僕がそう言うと、夏目さんが思い出したかのように、そうそう、と呟きながら隣の部屋に行き、また戻ってきた。

「今日、掃除してたんだけど、これ、あなたのだったよね？」

夏目さんが、ビニール袋に入れられた女性の下着を見せた。僕はしばらく何かわからなかったけど、急に、若い男の顔が浮かんだ。鳥にやられて僕が救急車を呼んだ、あの男が手にしていた下着だった。

「ああ、ああ」

僕は、心臓がドキドキした。

「それは困ったな。どうしよう。連絡すると言ったのに」

「これ、何であなた持ってたんだっけ？　もう随分前のことだから……」

「預かってたんだ。……知り合いというか、まあ、知り合いでもないんだけど……、ある男からね、預かってて……。弱ったな。それは彼の命なのに」

「これ連絡先？」

ビニールの中に、彼の携帯電話の番号が書かれたメモがあった。

「うん。だけど、いくら番号を知ってたって」

「携帯ならあるよ。大きいけど」

夏目さんは平然と言った。

「本当に？　……連絡していいかな」

「いいよ。ちょっと待ってて」

夏目さんはもう一度隣の部屋に行き、埃の被った箱を持ってきた。そこには、レンタルされ始めた頃の、旧式の、バッグくらい大きい携帯電話があった。

僕は番号を押し、受話器を持って、ちゃぶ台の前に座った。こういう時は唾を飲み込むんじゃないか、と思い、僕は唾を飲んだ。

呼び出し音が七回鳴ってから、男の声が聞こえた。低いような、太いような、力のある声だった。記憶は曖昧だったけど、恐らく彼本人だろうと思った。

「もしもし」

——もしもし。えー、誰？

「あー、あの、随分前のことなんだけどね……」

僕は、ゆっくり息を吸った。なぜだか知らないけど、外の人間と話している緊張は、湧いてこなかった。

「昔、ほら、まだ鳥が町中を埋めてた時……君に救急車を呼んだ者なんだ。覚えてるかな」

電話口で、一瞬の沈黙があった。

——え？　……本当に？

「うん。あの時、僕は君から女性の下着を預かったじゃないか。シルクの薄ピンク。それを、本当に遅れてしまって、本当に申し訳なかったけど、返そうと思って……。僕はそっちに行かないけど、上手く、輸送できるといいと思って、その……」

僕は、心臓がドキドキした。彼に怒られたら、どうしようかと思った。だが、彼は「勘弁してくれよ」と言った。

「え？」

――俺の過去、脅すの？

「え？　いや、そんな」

僕は動揺した。

「その、これは、君の大事なものだと思ったから」

受話器の向こうから溜め息が聞こえた。

――……大事じゃないよ。俺は今、R31に就職して、順調なんだ。金だって腐るほどある。モテ過ぎて困るくらいだ。……女の下着？　そんなものいらないよ。……実際の女と山ほど寝れるんだから。毎晩毎晩、パーティーだよ。最高の生活を送ってるんだ。何というか、邪魔しないでくれないか。

「え？　……じゃあ、怒ってないの？」

――当り前だよ。怒るわけないだろ。そんな下着はお前にくれてやるよ。

彼がそう言うと、急に電話は切れた。

夏目さんの部屋の換気扇が、カタカタと音を立てていた。僕はほっとして、携帯電話を夏目さんに返した。夏目さんが、僕を見ている。

「何かよくわからなかったけど、要するにいらないって？」

「うん」

「じゃあ、捨てていい？」

夏目さんは、今日も奇麗だと思った。

「……いや」と僕は言った。「とっといてよ。……何となくだけど」

僕は夕食を食べ、夏目さんに感謝し、ごちそうさまでしたと言った。


僕の白髪は五本になったけど、夏目さんは変わらなかった。夏目さんは毎晩、僕にやさしかった。注射の前は脱脂綿で消毒してくれたし、僕の洗濯物も洗ってくれた。僕も、夏目さんのためになりたいと思って、鉄格子を磨いたり、草むしりをしたり、施設を補強したり、色々と手伝いをした。村の空気は澄んでいて、布団の中の夏目さんも奇麗だった。木にぶら下がるミノムシにあいさつをして、近所の子供達とキャッチボールをした。お腹が空き、家に帰ろうとした時、一匹の鶴が倒れているのを見つけ、駆け寄った。可哀想に、大分痩せていて、つらそうだった。僕が首をもって抱き上げようとすると、鶴は、僕の顔を真剣に見た。

「……大丈夫です。……ちょっと疲れただけですから」

鶴はそう言い、倒れたまま僕から視線を逸らさなかった。

「でもほっとけないよ。えっと、看病を、するよ。夏目さんの家に行こう」

「大丈夫ですから、本当に」

鶴の声は女性のようで、高く澄み、美しかった。

「人生は不思議です。そうでしょう?」

鶴が急に難しいことを言うので、僕は混乱した。

「……不思議?　なんで?」

「私は、自分の願いを叶えようと思った」

鶴は、そう静かに言った。

「誰かの役に立ちたい。それが私の願いでした。私は、たくさんの虫を殺して食べた。そんな自分の存在が辛かったんです。ある時、誰の役にも立たずに死にかけていた時、助けられました。人間に」

「へえ」

僕は、鶴の話に聞き入った。

「私は恩返しをしようと思いました。誰かの役に立てる。ついに、その機会がきたと思いました。ですが、鶴という私の存在が人間の役に立つとしたら、この羽根で着物をつくるくらい」

鶴は、細いクチバシをパクパクと動かした。

「人間はでも、喜んでくれました。私がつくった着物に。これでキャバクラにもセクキャバにも行けると、喜んでくれた。私は嬉しかった。ですが、その代償は大きかった。私は、羽根を抜き過ぎて飛べなくなってしまったんです」

鶴の目が、僕の顔に何かを見つけたように、真剣なものになった。

——あなたも、望みを叶えるために、こうなったのでしょう？　自分の歪んだ人生の中で、いや、歪んでいたからこそ、望んでいたものを。

僕は、少しだけ頭が痛くなった。

——でもあなたが手に入れたものは、あなたの望みの中で、最も手に入りやすいものだった。そしてあなたは、その最も手に入りやすい望みを得るために、あなたが最も望んでいた願いを犠牲にした。この人生において、あなたが最も望んでいたことを犠牲にして、引き換えにして、あなたは今のあなた自身を手に入れたんです。そして、それは恐ろしいことに、あなたの意志ではなかった。今目の前にいるのが、なぜ既存の鶴なのかわかりますか。

僕は、微かな吐き気を覚えた。辺りの空気が、少しだけ冷えた気がした。

「その、何というか……、むずかしいことはわからないよ」

――あなたが、もう何も浮かばないからですよ。あなたは、もう登場人物すらつくれない。犠牲にしたんだから。でもその代わり、枝からぶら下がるミノムシに挨拶までできている。

鶴は、なおも僕の顔を見ている。

「えっと、ほら、……夏目さんのところに行こう。えっと、落ち着きなよ。夏目さんなら、何とかしてくれる」

――もう遅いですね。あなたは、元に戻ることはできません。人生とはそういうものだから。……逃げたのだとしても、それは恐ろしいことに、あなたの意志ではなかった。

なぜだかわからないけど、鶴の声は厳しかった。

――最大の望みを手に入れる過程で、あなたが挫折して、ミノムシのようにぶら下がるのを私は楽しみにしていました。……でも、私が身代わりになりましょう。

鶴が息を吸った。

――どちらのあなたがより不幸せかは、私にもわからないのですが。あなたはこういう形でしか、今のあなたを手に入れることができなかったのだから。

鶴が抵抗するので、僕は鶴を運ぶことができなかった。でもせめて静かな岩陰まで運んだ時、急にコブのついた知らないおじいさんにコブをつけられ、僕はそのつけられたコブをまたおじいさんにつけ返し、またつけられ、しばらくの間、しっちゃかめっちゃかな時間を送った。とても疲れて夏目さんの家に戻ると、夏目さんが着物を着て夕食の準備をしていた。僕はその姿を見ながら、そうか、今日は正月だ、と思った。おもちの上に、可愛いみかんが載っている。

「さっき、鶴がいたよ」

僕がそう言うと、台所の夏目さんは少しだけ振り向いた。鉄格子越しに見える着物に、ランプの光が当たっている。今日は白衣を着たおじいちゃんの巡回があり、何か絵を見たりするテストがあるらしい。僕が、きび団子しか食べたくないと駄々をこねていたので、食事はしばらくは点滴だった。でも今日は、夏目さんがお団子をつくっている。

「そう?」

「うん。で、何だかむずかしいことを言っててさ。僕が、最も望んでいたことを、失ったって言うんだよ。自分の人生の中で、僕が最も望んでいたものを……なんだろう？」

僕がそう言うと夏目さんは何も言わず、耳にかかる髪の毛が気になるのか、少しだけ耳の端をかいた。

三つのボール

小さな部屋の天井から、先が輪になった、首吊りのロープがたれている。

その下には壁に接したベッドがあり、その壁に小さい窓がある。ベッドの脇に黒い小さな棚があり、その上に、四角い形状のライトがある。ライトの光は白く、薄い。それは蛍光灯の明りの下で、ぼんやり霞んで見える。

その黒い棚の横、壁を背に立つ本棚には、あふれるほどの本が並んでいる。どのような種類の本なのか、わからない。部屋の中央に低く長い机があり、その上にノートパソコンがある。マウスがあり、それをのせる灰色のマウスパッドもある。パソコンは、電源がついている。画面では無数の黒い砂が、あらゆる方向へ流れている。まるで画面の中に本当に砂があるようで、その動きは細かく、しつこい。ベッドとは反対側の机の隣には、引き出しのついた大きな戸棚がある。

部屋の中に、大きな三つのボールがある。一つは青く、一つは黒く、一つは白い。直径は三十センチほどで、若干、黒のボールが大きい。青のボールはベッドに乗り、首吊りのロープの下で揺れている。白は床の上をゆっくり転がり、黒は机の下で動かない。

本棚と反対側の壁の隅には、オーディオセットがある。オーディオセットの下には、台になった大きなCDラックがある。無数にあるCDがどのようなものか、わからない。CDケースの背には言葉がなく、もがく蛇のような線が、それぞれ細く太く書かれている。その線は、本棚にある本の背表紙にも、同じように書かれている。オーディオセットの隣、壁の中央には、大きなドアがある。ドアの下部は床からボール三つ分ほど高く、床に接していない。そのドアは開いているが、向こう側はここからは見えない。

青いボールがベッドの上で跳ね始め、パソコンがある机に飛んだ。だが、ベッドから離れた青は、机の上ではわずかしか弾まない。白のボールはゆっくり転がり、高さのあるドアの前で止まった。白はその場で跳ねようとするが、ドアの高さに届かない。その時パソコンの画面の砂が、赤く変化する。だが、それ以上の変化はなく、またゆっくりと、黒い砂に変わっていく。黒のボールは、机の下で動かない。

不意に電話のベルが鳴り、青と白のボールの動きが鈍くなる。電話は机の下に隠れるように、床の上に置かれている。電話のベルは六度鳴り、やがて言葉もなく、留守番電話に切りかわる。高い機械音の後、スピーカーから雑踏のような音がする。ボタンが押される音がし、ガチャリと何かが落下する音が聞こえる。それは聞きようによっては、缶が落下する時の、自動販売機の音のようにも聞こえる。それが三度聞こえた時、留守番電話は不意に終わる。青のボールはやがて力なく、ゆっくりとまた跳ね始める。白のボールも跳ね始めるが、ドアの高さに届かない。

パソコンの画面の黒い砂が、少しずつ何かをつくり始める。色が加えられ、直線や丸をつくりながら、やがて銀色の万力が映し出される。青のボールの動きが痙攣するように細かくなり、黒は相変らず動かない。万力の刃の間に、無骨な岩のような、鉄の塊が挟まれる。万力は少しずつ、鈍い刃の間を縮めている。万力の力は強く、鉄の塊を潰そうとし続けている。万力と鉄の塊が接する部分に、しつこい力が加えられる。白のボールはドアに向かい激しく跳ね始め、黒のボールはじっと動かない。鉄の塊は縮むように潰れるが、完全に潰れることはなく、細長くなったまま、耐えている。あるいは、それは耐えているのではなく、万力により、あえてそのようにされ続けているようにも見える。画面が不意に変わり、分厚い鉄の板に奥まではまり込んだ、プラスのネジの映像が映る。そのネジを、マイナスドライバーが、さらに奥へと入れようとする。マイナスドライバーがいくら回そうとしても、ネジはそれ以上入らない。それでも、マイナスドライバーは、ネジをもっと中に入れようとする。もっと、もっと、回そうとし続ける。プラスのネジの凹みと、マイナスドライバーの先端が削れ、歪んでくる。プラスのネジは、それ以上入らない。それでもマイナスドライバーは、いつまでも力を入れ続けている。

画面が消えた時、青のボールが力を抜くように小さく飛び、本棚の上にのる。青はその場で、しばらく鈍く弾んでいる。本棚は横に六つ、縦に三つに仕切られ、いくつもの十字をつくっている。その間に本が並び、それぞれの十字の中央には、一つずつ目のように釘が打たれている。白のボールは、ドアに向かって跳ねている。黒のボールが微かに震え、机の下から出た。本棚の脇を、ゆっくり、ゆっくり、黒のボールは転がっていく。

部屋の照明が突然暗くなり、ベッドの脇のライトも消えた。その瞬間パソコンの画面には、顔のない、赤く細いマネキンが映し出される。赤いマネキンは、茶色い講壇の、マイクの前に立っている。赤いマネキンからは、汗のように、赤い水滴が少しずつ噴き出している。講壇の下には、無数の、おびただしい数の白いマネキンが、列をつくり直立している。無数の白いマネキンは、マイクの前の赤いマネキンを見上げている。白いボールは痙攣するように跳ね、黒のボールが、パソコンの画面の前で動きを止める。パソコンから、演説が聞こえてくる。その演説は、鉄と鉄がぶつかる音、鉄より柔らかい何かと何かがぶつかる音、空気が膨張し弾けるような音で、つくられている。白いマネキン達の乾いた身体が、少しずつ崩れていく。手や足が崩れ、背中が崩れ、その崩れ方は、それぞれ違う。

だが、乾いた白のマネキン達は、直立の姿勢をやめない。白のマネキン達は、崩れていった自分達の手足を、拾うことができない。赤いマネキンは強い照明で照らされ、汗が反射し、より赤く輝いて見える。赤いマネキンはマイクの前に立ち続け、それ以外の無数のマネキンも、首を崩し足を崩しながら、いつまでも壇上を見上げ続けている。不意に画面が消え、黒のボールはゆっくりと動き始める。

電話のベルが鳴り、青のボールも、黒も、白も、動きを止める。高い機械音のあと、さっきと同じ、自動販売機の音がする。突然照明がつき、三つのボールは、再びそれぞれの存在に直面する。その瞬間、白のボールが脇のCDラックにぶつかるが、中のCDは崩れることがない。白は何度も自分の身体をぶつけるが、CDはどれ一つ、落ちることがない。

本棚の上の青いボールが、ドアの方へ飛んだ。机の上で跳ね、床に落ちて二度跳ねたが、跳ねる度に、勢いが消えていく。青は高さのある浮いたドアの真下の壁に、力なくぶつかる。青は突き飛ばされたように弾んだが、またドアの方へ向かい、さっきの白のように、その場で何度も跳ねた。だが、その高さは、浮いたドアの高さに足りない。ドアの向こうに何があるのか、ここからは見えない。黒のボールは、ベッドの下へゆっくりと転がる。

オーディオセットのテープが、それまで静かに動いていたことを主張するように、硬い音を立てて止まる。巻き戻される音が聞こえ、やがて再生され始める。ベッドが軋む音や、ボールが跳ねる音、いくつかの衝撃音が聞こえる。それはさっきの、青のボールがベッドで跳ねていた時の、白のボールが床で跳ねていた時の、青のボールが本棚から落下しドアに向かった時の音と、同じであるように聞こえる。テープから聞こえる現実は、この現実と時差がある。青のボールは床を転がり、再びベッドの上へ跳ねた。ベッドのスプリングの力を借り、青は勢いよく跳ね始める。

パソコンの画面がつき、柔らかい、種類のわからない果物が映る。その果物に、スプーンの形をした鉄が、ゆっくりと入っていく。スプーンは回転しながら、ゆっくり果肉を掘っていく。果汁がだらだらと滴り落ち、その粘り気のある液が、画面の中の床を濡らしている。スプーンは優しく果肉を撫で、中の果汁をすくい上げ、床にたらし、さらに奥へと入っていく。果物は、ヒクヒクと震えながら、スプーンを中に受け入れていく。白のボールはドアに向かい激しく跳ね始め、青のボールは再び机に飛び、戸棚へ飛んだ。スプーンの動きは、段々と激しくなる。青のボールは本棚へ飛び、また宙に飛んだ。部屋の中央の机に落ち、床に落ちて二度跳ね、高さが足りず、ドアの真下の壁にぶつかった。黒のボールはベッドの下から動かないが、小刻みに痙攣している。果物の圧力で、スプーンが震えながら反るように、少しずつねじれていく。だがスプーンは果物の中で激しく動き、荒々しく上下し、やがて果物は砕け、果肉の混ざった液体になる。

テープが回り、ボールがぶつかる音、果肉が潰れる音が聞こえ始める。黒はベッドの下から出て、CDラックの前を転がった。三つのボールが、ドアの前で動きを止めた。ドアは開かれているが、その向こうに何があるのか、ここからは見えない。白と青はその場で跳ねるが、ドアの高さに届かない。黒は跳ねることなく、ただドアを見上げているように見える。ベッドの上の天井からは、首吊りのロープが垂れている。

電話のベルが鳴り、青と白は動きを止める。高い機械音の後、一瞬の静寂がある。スピーカーからは、空気がマイクに当たるガザガザとした、乾いた音が聞こえる。それがしばらく続いた後、不意に留守番電話が終わる。その瞬間、白はCDラックに身体をぶつけ始め、青は鈍く跳ねながら机にぶつかり、低くバウンドしながら本棚にぶつかる。白はCDラックに当たり続けるが、その弾み方は低く、鈍い。青がいくら本棚にぶつかっても、本は一冊も落ちることがない。黒は、まだドアの前で動かない。ベッドの上には首吊りのロープがある。青は本棚にぶつかるのをやめ、床に身体をこすりつけ、壁にぶつかる。白もドアの前に戻り、さらに何度も跳ねようとする。だが、その高さはドアに足りない。ベッドの上には首吊りのロープがある。部屋の照明が突然消え、すぐにまたついた。三つのボールは、再びそれぞれの存在に直面する。本棚のいくつもの十字の釘は目のように丸く、ただそこにじっとあり続けている。

不意に遠くから、様々な音がする。それは部屋の外側から、確かにこの現実へと、向かってくる。三つのボールは跳ねながら、窓の下のベッドの方へ動いていく。そしてベッドの上で、何度も、跳ね始める。黒のボールの勢いも、青と白と同じになる。音は段々とこの現実に近づいてくる。三つのボールは、窓の下で跳ねている。その音の渦は激しく、何かを引きずる音、鉄よりもさらに硬いものがぶつかるような音で、満ちている。黒い影が、窓に映る。窓ガラスには濁りがあり、それが何であるのかわからない。だが、その黒の影は大きい。三つのボールとは比較ができないほど圧倒的に、全てを包むほど大きい。まだ遠くにあるはずなのに、黒い影はもう窓の全てを埋めている。その音は巨大で、この部屋だけでなく、周囲のあらゆるもの、周囲にはないあらゆるものまで引きずり、圧倒的に潰すほどに、激しい。無造作に、力に溢れ、その影はあまりにも激しい。三つのボールは、勢いよく跳ねている。三つのボールは、勢いよく跳ねている。部屋は激しい音で満ち、影はさらに迫り、すぐ面前にまで近づいた。だが、その影は、ゆっくり通り過ぎていく。部屋の厚い壁のすぐ向こうを、どこか遠くへと、通り過ぎていく。

パソコンの画面に、巨大な石の塔が映る。黒も白も青も、パソコンの画面に近づいていく。塔には、判別のつかない記号が、無数に描かれている。それは何かの法則のようでもあり、何かの秘密を内包する、暗号のようにも見える。塔を下から見上げる映像では、その記号はわかりにくい。三つのボールは、画面の前で動きを止めた。その記号は無造作に、一方的に、僅かなスペースも見逃さず、あらゆるものに対して彫られているように見える。記号はいくつも、いくつもあり、どこから始まっているのかもわからない。三つのボールは、その場から動かない。だが、不意に電話が鳴り、三つのボールが微かに揺れる。ベルが鳴り響く中、少しずつ、三つのボールは電話機に近づいていく。

高い機械音の後、静寂が始まる。三つのボールは、電話機を囲んでいる。静寂が続く。部屋の全体が、その静寂から生まれるものを、待っている。静寂は続き、静寂は続き、だが留守番電話は、不意に終わる。

三つのボールは、その場から動かない。照明が消え、また灯り、三つのボールはそれぞれの存在に直面する。オーディオセットのテープが再生され、さっきの青と黒と白が、ベッドで跳ねていた音が聞こえてくる。その瞬間、白のボールは激しく、開いたドアの前で跳ねた。青のボールはベッドに飛び、机に飛び戸棚に飛び本棚に飛び、宙に浮いた。ベッドの上には、首吊りのロープがある。青のボールは机で跳ね、床に落ちて二度跳ね、ドアの真下の壁にぶつかり、弾かれ、またドアに向かい跳ねるが、その高さはドアに届かない。黒のボールは、CDラックに身体をこすりつけ始める。白のボールはドアの真下の壁に身体をぶつけ、跳ね、またぶつかろうとする。青のボールは本棚にぶつかり、壁にぶつかり、机にぶつかる。ベッドの上には、首吊りのロープがある。青のボールは戸棚にぶつかり、パソコンにぶつかり、ベッドの上には首吊りのロープがあり、白のボールは跳ね続け、黒のボールは転がり続けている。青のボールは何度も跳ねベッドに上がり、高く飛び、そして勢いよく、首吊りのロープの輪に身体を入れた。

その瞬間、白も黒も、動きを止める。青のボールは、隙間もなく首輪にはまる。静寂が辺りを包み、白も黒も、硬直したように動かない。が、次の瞬間、首吊りのロープが切れる。輪の部分が解け、青のボールが落下していく。青のボールは、そのまま呆然と跳ねている。白と黒は、その場から動かない。青のボールはそのまま跳ねている。ベッドの上では、一本のロープが揺れている。本棚の十字の釘は目のように丸く、ただ静かに、じっとそこにあり続けている。

留守番電話が鳴り、高い機械音の後、自動販売機の音がする。オーディオセットのテープが再生され、さっきの青が首輪にはまった時の、一瞬の静寂がくり返される。白のボールはゆっくりと転がり、力なく、ドアの前で跳ねた。だが、その高さは、ドアに足りない。ドアの向こうに何があるのか、ここからは見えない。だがその時、外側から何かが、ドアを閉めた。まるでドアが開いていたことをただ忘れていたかのように、その動きは無造作で、躊躇がなかった。

三つのボールは、部屋の中で力なく跳ねている。いつまでも、その場所で、跳ね続けている。遠くで、さっきの黒い影の激しい音が、微かに聞こえている。

蛇

老人は絵筆を握りながら、視線を正面に向けていた。

それは本当に真剣な様子にも見えたし、そういう素振りをしているだけのようにも見えた。黒髪の女が、老人の視線から逃れるように、身体を微かに、左へ揺らした。重ねて伸ばした細く白い腕を頭上のロープで固定された女は、裸のまま、足をやや開きながら立ち、不安げな表情で老人の動きを見ていた。天井の柱に結び付けられたロープは真っ直ぐ伸び、女の腕が最大限に伸ばされた状態でも、緩く余ることはなかった。

「動いたらダメだ」

老人は、短くそう言う。まるで何かの義務として言ったようでもあり、本当に動いて欲しくないようでもあった。老人は長い指先で絵筆を動かし、木製のパレットに色を混ぜていった。その色が何色なのかは、わからない。老人の指と同化したような土色の筆は、何かを破壊するように、抵抗のある絵の具の固まりをかき回し続けていた。

「ダリという画家を、知っているか」

老人は唐突に、イラついたように言う。女は答えようとするが、老人の様子を窺《うかが》いながら、声を出せないでいる。老人は女を見、その瞬間、女がまた身体を微かに揺らした。

「名前だけ」

女はやがて小さく呟いた。その声は、二十歳を過ぎたほどの外見にしては幼く響いた。老人はしかし、その答えに関心を持っていないように見える。老人の筆は、なおも力を入れたまま、絵の具をかき回し続けていた。

「あのトラの絵を、知っているだろう。裸の女に襲い掛かろうとしている、トラの絵だ。でもあの絵の本当のポイントは、トラではないんだ。後ろにいる、不安定な象だ。危うい長い四本の足でゆっくりと歩き、あの状況の中で笑っているあの象の表情なんだ」

女は、彼が何を言っているのか理解していないように見える。ただ曖昧に頷きながら、男の機嫌を損なわないように、注意しているようでもあった。女はこの現代美術の画家のモデルになったことを、半分後悔しているかもしれない。ロープで縛られる前、老人の過去の作品を次々見せられていた時、女は濃淡の激しい裸婦の絵に、強く惹かれていたようにも見えたのだが。男は、しかしそのような女の様子に気づいているのか、わからない。

「川端康成という作家を、知っているか」

男は、なおもイラついたようにそう言う。

「……名前だけ」

「そうか。あいつの書くものは、いちいちエロくてな。どうしようもない気持ちになる。あいつは見事な変態だ」

「そうですか」

男は唐突に立ち上がり、女にゆっくり近づいた。女は驚いたが、また注意されることを恐れるように、身体を緊張させながら男を見た。部屋の暖房は、効き過ぎている。女の身体からは、緊張か、暑さのためかわからない、粘りのある汗が噴き出し始めていた。

「少し触るが、我慢してくれ。必要なことだ」

「はい」

男は、画家が絵のためにそうやってモデルに触ることがあるのを知っているし、女も知っているようだった。だが女は激しく緊張し、ロープで固く縛られた腕に力が入った。だが、彼が触れたのが硬い肘だったことに、安堵したように表情を緩めた。男は中指と人差し指で女の肘を撫でたが、やがて、もっと柔らかい肌へ、二の腕を撫で始めた。女の汗の量が多くなる。女は、近くで見る男が老人と呼ぶにはまだ若く、顔が奇妙なほど整っていることに改めて気がついたように見える。男の指は二の腕の白い肉をゆっくりと押し、その柔らかさを確認するように撫で、それから、脇の下を震わすようにさすった。女は、自分が曝している脇の下が汗で濡れていることに、恥ずかしさを覚えているように見える。男の指の動きは、少し長く、しつこいように感じる。男は手のひらを脇の下に当てると、そのままゆっくりと、探るように下へ動かした。女の身体が反応し、驚いたような声が上がる。「動くな」。老人は言う。言いながら、今度は脇腹を、五本の指で細かく肌を押しながら撫でていった。男の指は、そこからさらに下へ動いた。女は眉間にしわを寄せ、微かに息を吐きながら我慢しているように見える。女の脇の辺りから腹にかけて熱が生まれ、汗の量が多くなる。男の手の動きは、やはり長く、しつこいように感じる。女が男の行為に対して何かを言おうとした時、男の手が不意に離れた。

「その姿勢のまま、動かないでくれ」

男は女に背を向けて歩き、また椅子に腰を下ろし視線を向けた。女は安堵しながら、部屋が暑過ぎることを男に言うべきか悩んでいるように見える。男の筆の動きは、さっきより荒く力が入っている。

「恥ずかしいか」

男が不意にそう聞く。

「はい」

「他人にこれだけじっくりと、自分の身体を見られることもないだろう」

女は男の質問を不愉快に感じているように見える。さっきの熱は、まだ女の身体に残っているのかもしれない。女の肌に男の指の感触が残り、そのせいで、女はまだ自分が男に触られているような気持ちになっているのかもしれない。部屋の暖房は、やはり効き過ぎている。自分の意思とは関係なく次々と流れてくる汗にも、戸惑いを感じているのかもしれない。

「安部公房という作家を、知っているか」

「……え？」

「あいつは、見るとか、見られるとか……いや、もういい」

男は自分の椅子を女に近づけた。その距離は、二メートルもなかった。男はわざとのように、女の胸の辺りから視線を動かさなかった。女はその視線が、気になって仕方ないように見える。

「今わたしが描こうとしているのは女の裸なんだが……。本当は、その恥なんだ。だから、モデルの経験もない、あなたに頼んだ。もっと、恥ずかしがっていい。あなたの恥ずかしさが肌の表面に現れて、それが耐えられなくなる瞬間が必要なんだ」

男は自分のそのあまりにも安っぽい芸術論を、少しも信じていないように見える。なおもイラつきながら、絵の具をかき回し、押して潰し、潰したものにさらに固体を混ぜ、再び潰した。女は男の言ったことに、何の反応も示さなかった。ただ、男と自分との距離、男の目と自分の身体との距離が、近過ぎることを気にしているようだった。

「父親は、何をしている？」

「え？」

「父親だよ。あなたの身体を、このように育てた」

両腕を縛られ身体を曝している女は、はっきりした不快をその表情に浮かべた。

「答えなければ、いけないでしょうか」

「できれば」

「会社員です」

「好きか？」

「……はい」

「いい父親か」

「……はい」

女は、男の視線がいつまでも、自分の胸から動かないことに苛立ちを覚えているのかもしれない。女が男の目へと視線を向けているのも、そのことに対しての、抗議の意味があるのかもしれない。

「家族で、食事をするか？」

戸惑うように表情を歪《ゆが》めた女は、寒くもないのに隆起している自分の二つの乳首が、急に気になりだしたようにも見える。流れてくる汗が、その上に溜まっていた。汗はその場所で意思を持ったように冷えながら、ゆっくりと、舐めるように下へ流れていく。不自由な女の腕に力が入り、身体が、微かに動いた。

「答えないのか」

「します。……仲は、いいんです」

女は、自分の左右の胸の形や、立っている乳首をしつこく見ながら家族のことを聞いてくる老人に、なおも苛立ちを感じているように見える。女がそれから発した「どうでもいいじゃないですか」という言葉は、女の意思というよりは、反射的に口から出た言葉だったかもしれない。男は、少し笑みを浮かべたようにも見える。老人は、忘れたように絵筆の動きを止めていた。

「左右が、微妙に違うな」

「……普通だと、思います」

「その平和な父親は、あなたが今こんな姿で、他人に裸を見られているのを知らないのだろう？」

「知りません」

「父親は、他所《よそ》で女を抱いたりするか」

「……しません」

「わからないだろう。どこかで女を、他の父親が育てた娘の身体を、金を払って抱いているかもしれない」

女は意地になったように、返事をやめた。男は視線をやがて下へ向け、少し開いた足の付け根の辺りを、探るように見ていた。部屋の暖房は効き過ぎている。女の足の間から、誤解を生むような汗が、ゆっくり流れていた。女はそのことに気がついているように見える。これが部屋が暑いための汗であることは、老人もわかっているだろうと考えているかもしれない。だが、老人が少しも汗をかいていないことに、気がついたようにも見える。嫌な臭いがしたらどうすればいいか、と女は思っているかもしれない。あまりにも老人が近過ぎることで、老人にそれが届きやしないかと、考えているかもしれない。

「色が、わからない。少し直接塗るが、我慢してくれ。必要なことだ」

老人は、画家が絵のためにそうする必要があることを知らないし、女も知らないだろうと思われた。だが、女はそうするものだと、思い込んでいるのかもしれなかった。女の身体に緊張が走ったが、それは、初めに身体を触れられた時と同じ反応のように見える。しかし、老人が背後に回ったことで、別の緊張が女を捉えた。老人の筆先が、女の肌に触れた。冷たい感触が、女の肩の窪みに走ったかもしれない。熱くなっている皮膚を冷やし身体を弛緩させたか、緊張と驚きで逆に硬直させたかはわからない。女は明らかに、嫌がっている。男の筆が不自然な動きを始めたのを、女は背中で感じたように見える。老人はゆっくりと、絵の具の液体を含んだ筆先を背中につけながら下へ下ろし、上に上げ、さらに下へ下ろした。女が眉間にしわを寄せ、微かに動いた。「動くな」。老人は言う。言いながら、それを脇腹にまで動かし、今度は明らかに正面に立って、胸をゆっくりと撫でた。女が不快の声を上げる。何をされているのかわからないまま、ただ反射的に、声を上げたのかもしれない。「動くな」と老人が繰り返した時、女は、その老人の作った色が、肌色ではなく、関係のない赤であることに気がついたように見える。男が筆を動かす度に、女は抗議のようにも聞こえる、息のような声を上げた。抵抗しながら頭上のロープを何とかしようとしている女は、男の呼吸が、乱れていることに気がついていないように見える。男はおもむろに、その筆で乳首をかき回し始めた。女は声を上げて抵抗したが、足を動かそうとすると身体がぶら下がった状態で宙に浮き、どうすることもできないでいた。男はなおもしつこく、筆を動かし続けた。女は我慢するような、抵抗するような息を、小刻みに吐き続けた。逃げようとする女の白い身体が、不自然に反り返った。

「昔ネズミを飼っていた」

老人は、唐突にそう言う。

「ハムスター。白くて、細く、美しかった」

女は乱れている呼吸をそのままに、なおもしつこく動かされる筆の動きを、どうすることもできないでいた。何を言えばいいのか、縛られた腕でどうすればいいのか、混乱しているのかもしれなかった。熱くなっている肌から汗を出し、筆の動きが強くなる度に息を嚙み殺すような声を上げながら、逃れようと身体を反らした。だが、老人はいつまでも、女の身体から離れようとしなかった。

「それをな、蛇が飲んだ。身体は細いが、頭のやたらと大きい蛇が」

部屋の暖房は効き過ぎている。筆を握った老人の身体からは、臭いのない汗が流れていた。

「蛇は、ネズミを飲んだことで腹が膨らみ、ネズミを入れたカゴの格子の間から、出られなくなっていた。その姿は、見るからに無残だった。蛇は罪を犯した。わたしのネズミを覗いているだけでは足りず、飲んだという罪だ」

傾いた画板を、女は既に見たのかもしれない。そこには、まるで子供のような絵が、三角と四角が強調されたどうしようもない家のようなものが、無造作に描かれていた。それは、事前に見せられた絵とは、明らかに違っていた。女は、そのどうしようもない絵に、恐怖を抱いたかもしれない。

「罪を犯した蛇は、腹を膨らませた醜い姿を、わたしに、世界に向かって曝していた。その時の蛇の表情を、わたしは今でもよく覚えている。満足した笑みではない。悲しい表情でもない……、それは、どうしようもないほどの、無表情だった。まるで、こうやって出られなくなることを、最初からわかっていたかのような、蛇という自分の存在を、受け止めたかのような、力のない、無表情。わたしは、その蛇に向かって、罰を与えた。その無表情に向かって、酷い罰を。何度も、何度も、酷い罰を」

筆を落とした老人は、女の肌に長い舌を這わしていた。老人の舌はそのまま上へと登り、女の乳首を音を立てて舐めた。女の荒くなった声が、悲鳴に近くなる。老人の柔らかい舌は、その乳首の上で激しく動いていた。放心したような老人の表情は、もう人間の顔ではなくなっている。身体にしがみついてくる男から逃れることができず、女は、息を吐きながら身体を揺らし続けていた。

「わたしは、これまで何度も、罪をやってきた。何度も、何回も。なのに、罰を受けたことがない。なぜだかわかるか?」

男の舌は、なおも動き続けている。男は左手で女の身体を抱きこむようにすると、右手を下へ動かし、女の性器に指を入れた。女が声を上げると同時に、男は指を二本にしてさらに深く入れ、そのまま、中の何かを探るように動かし始めた。女が泣き声のような、高い声を上げる。女の身体の中で動き続ける男の長い指が、奇妙なほど慣れていることに、女は気がついているかもしれない。女の体液が足を伝い、その量がどんどんと多くなる。身体中の体液を溢れさせながら呼吸の乱れている女は、もう老人の言葉を聞く余裕がなくなっているのかもしれない。男の身体は、絵の具で赤く汚れている。

「いくらやっても腹が膨れないからだよ。わたしは覗く者から行為者になる一線を越えてしまった。それなのにまだ膨れない。いつになったらわたしに罰が」

男が女の身体を覆うように身体の位置を変えたため、この隙間からは、もう女がどうなっているのか見ることができない。老人の奇態な荒い息と、女の声だけが響いている。老人は、自分のベルトを急《せ》くように外し始めた。

屈んでいる僕の背後で、何かの物音がした。

信者たち

男が、小さな礼拝堂に入ってくる。

トビラの鍵を手にしているが、職員のようには見えず、黒いスーツを身につけている。椅子の並ぶ空間には、他に誰の姿もない。色合いのいい加減なステンドグラスに、体裁を保つような、祭壇がある。祭壇には、当然のように十字架がある。ここからは見えないが、処女懐胎を描写した、マリアと天使の小さな絵も掲げられている。だが、それはカトリックなどの教会にあるようなものではなく、幾分雑で、バランスを大きく欠いている。

男は並ぶ椅子の端に座り、持ち込んでいたバッグを床に置き、放心したように力を抜いている。年齢は四十代、左手に指輪をはめている。生活に疲れた様子で、男は痩せている。目尻のしわが、もう随分と前からあるように、男の顔に馴染んでいる。

男は無意識に足で床を打ちながら、正面にある祭壇を、見続けている。その視線は訴えるようにも、睨んでいるようにも見える。男は床に置いたバッグを足でずらし、しばらく迷い、手につかんで隣の椅子に置いた。男はその動きの流れのままスーツの背広を脱ぎ、ネクタイを緩めた。

ゆっくりトビラが開き、女が入ってくる。胸が目立つような、身体にまとわりつく白いセーターを着ている。黒く短いスカートをはき、同じ色のストッキングを身につけている。踵の高い靴が、女の細く長い足を強調している。女の呼吸は、走ってきたかのように乱れている。黒い髪を払い、整った大きな目で男を見ている。

「どうして、ここ？」

女が小さくそう言った。声が微かに掠れ、男を訝しげに見続けている。

「もう思いつくのは、ここしかないし」

男は女の身体を眺めながら、小さく言った。女は男の正面に立ち、十字架を背にし、男を見下ろしていた。女の黒く艶のある髪に、ステンドグラスの光が白く反射している。女は手に持ったバッグを、どこにも置こうとしない。

「早く出ましょう。今日は時間がない。子供の保育園が十三時に終わるし」

「時間がない。……のも、いいかもしれない」

「なに？」

「いや……」

男はうなだれたように首を振った。バッグから飲みかけのミネラルウォーターを出し、小さく口に含んだ。

「君は罰とか、そういうのを信じる？」

「いいから、早く出ましょう。牧師の新美さんが掃除に来るかもしれない」

「それは困る……僕は人間が嫌いだから」

「……わたしも？」

「大嫌いだ」

建物の中は静まり返っている。女は立ったまま動かない。男も座ったまま動かない。ここは掃除を終えたばかりで、床が少し濡れている。祭壇の埃も、細部まで取り除かれている。だがそのことに男が気づいているかわからない。

女は両手をだらりと下げたまま、いつまでも男を見ていた。男は落ち着きを失くした様子でこめかみを掻き、足を組みなおしている。男が口を開きかけ、やめ、また口を開こうとしてやめた。だが、男は決心したように、もう一度口を開いた。

「……僕の妻が、入院した。精神的に、やられてしまったんだ。口には出さないけど、僕のことを心配してる。彼女は本当に善良なんだ」

「なら病院に帰ればいいじゃない。わたしだって子供が可愛いし」

男が女の言葉に何かを言おうとした時、女が遮り、やや大きな声を出した。

「……だから新美さんに告白したんでしょう？　新美さんはしっかり聞いてくれた。こういう告白は、一度や二度じゃないって。許してくれたんでしょう？　もうやめるのを条件に」

「だからそれが問題なんだよ。……許されるなんてことが。第一、僕は人間が大嫌いだから」

建物は古いが、よく磨かれ、清潔さを保っている。入り口は女が入ってきたトビラの他に、短い廊下へ続く小さなドアがある。男は立ち上がりかけ、躊躇してやめ、また椅子に腰を下ろした。整然と並んだ椅子の列の中で、男のものだけが、少しだけずれている。

「僕は元々カトリックだった。小さい頃から。でも不満を感じて色々探した。ここに来たのは君より古いけど、それほど差があるわけじゃない……。ここに来たおかげで、僕は君に会うことになった」

男がそれとはっきりわかるように、女の身体を眺めた。

「……わたしのせいじゃない」

「僕は」

「え？」

男が突然、女にしがみついた。女は短い声を上げ、もがくように身体を動かした。だが男は女の胸をつかみ、口に舌を入れた。彼らの正面には、磨かれた十字架がある。

「なに?」

「いいから」

男はなおも女の手を押さえ、立ったまま女にしがみついている。女のセーターを強く捲り上げ、黒い下着を取り、女の白い肌に舌を這わせた。女が短く声を上げる。女はなおも逃れようとするが、男の力は強く、動くことができない。

「……神が人間に干渉するか。罰を与えるか。……もう僕は限界だ。こんな自分が。君のことは大嫌いだけど」

男は女のストッキングを裂くように脱がし、下着の上から、ゆっくり性器をなぞった。女が短く声を上げ、なおも身体をよじるように動かした。

「やだ」

「罰を。僕は」

「……おかしいんじゃないの、こんな場所で」

男は放心しながら女にしがみつき、女の身体を舐め続けている。下の下着を取ると、女の下半身が、ここからでも見えるようになる。男はゆっくり指を入れ始めた。女は細い足で男の腕を挟むようにしたが、男は指を動かし続けていた。

「……本当に、よくないよ」

「もう終わりになるかもしれない」

「気持ち悪いよ」

「もう僕は、こんなことは続けられない」

男は女の身体から離れ、バッグの中から、緑色の細い紐を取り出した。女は逃げることはせず、息を整えながら男の動きを見ている。

「大体……君が悪いんだ。僕は、ずっと真剣に生きていた」

「違うでしょう？　あなたがいきなり、襲い掛かってきたんじゃない。ストーカーだよ。帰り際に、後をつけて」

「違う。君がわざと公園に行ったんだ」

「あなたはずっと、わたしのことを見てたんだよ。気持ち悪い目で、ずっと、お説教の間も」

「僕は変わってしまった」

「変わってない。元々そうなのよ」

「もう死にたい」

「あなた本当におかしいんじゃ……」

男は緑色の紐で、女の腕を縛った。何度も縛っているのか、男は慣れている。女は抵抗しようと身体を動かすが、男に押し切られている。男が女を抱えて持ち上げ、中央まで引きずり、その場所の椅子に固定するように、なおも女を縛ろうとしていた。女は怯えたように男の動きを見続けている。不意に男が椅子を動かし、それを祭壇の正面に向けた。

「え？」

「いいから」

男は十字架を背にし、女の正面に座り、女の性器に再び指を入れ始めた。女の呼吸が乱れ始めている。

「キリストには女がいた」

「それは異端でしょう？」

女がそう言うと男は笑った。

「……君は何も知らないな。ここだって異端のようなものだよ。……僕は元々、真面目なクリスチャンじゃない。僕はただ、神はいるのか、それだけに興味があった。だから新美さんのここに入会したんだ。ヨブ記にあるだろう？」

男はなおも指を動かし続けている。女は身体を曲げ、やがて小さく、高く溜め息のような声を上げた。

「『できれば、どこで神に会えるかを知り、その御座《みざ》にまで行きたい。私は御前《みまえ》に訴えを並べたて、ことばの限り討論したい』……僕はあのシーンが一番好きだ。僕はヨブに同情する」

「……馬鹿じゃないの？」

「神が人間に干渉するか。……新美さんは観察者、と言うけど」

「……観察？」

「見ているんだ。ずっと」

「……ずっと？」

「……君は、本当にだらしない」

男は呼吸を乱していた。目がまどろむように虚ろになっている。男の指により女の性器がピチャピチャと音を立てる。性液が溢れ、足を伝い床に零れていく。女は仰け反りながら身体を震わせ、声を上げ、足を宙に伸ばした。

「……いや、やだ」

男は女の性器に舌を這わせながら、同時に指を動かしている。男の指と舌がどのように動いているのか、ここからは見えない。女は喘ぎ、髪を乱しながら目に涙を滲ませている。

「……君は変態だよ。……もうこんなに」

女は身体をよじらせ、声を上げながら胎児のように、右手の親指を口元に寄せた。

「昔、こういうことに、なりそうになったことがある……君に会う前」

男はそう言ったが、喘ぎ続ける女が聞いているか、わからない。男が性器に口をつけながらしゃべるので、男の声自体が濡れているように聞こえる。

「もう結婚はしていたけど、僕はその女性に惹かれた。彼女もそうだった」

女は身体を反らし、掠れた声を細かく上げた。

「飲み屋で深夜まで飲んで、終電がなくなって……歩きながら手をつかんだ。このまま、一緒に不倫することもできた……でも僕は勇気がなくて、帰ったんだ。彼女もふんぎりがつかないような感じで……でもいい思い出だった。何もなかったけど、とてもいい感じだった。今でも会ってるけど、もうあんなことはない。でも、それでよかったと思ってる。本当は、そういうのが一番いいんだ」

女は身体を震わせて声を出し、男に何かを催促している。

「でも一番いいことが、本当に一番いいかはわからない。……そうだろう？」

男は立ち上がり、ズボンを下げその場に脱ぎ捨てた。自分で縛ったのに、男は女の細い紐を外そうとする。紐が絡まり、男は面倒くさそうに舌を鳴らし、もう一度丁寧に紐を外そうとする。男はその作業に手間取っている。ようやく外すと、女を祭壇まで連れていった。女にしがみつき、女の身体に覆いかぶさり、力の抜けた女の身体が、祭壇の上に倒れた。ガチャガチャと、得体の知れない奇妙な捧げ物が床に落ちた。

「……新美さんが」

「あの人なんてどうでもいい。確かにあの人は信頼できる。でも気にしなくちゃいけないのは違う。新美さんじゃない」

男はそのまま女に性器を入れた。女が高い声を上げ、その声は、建物の外に聞こえるほど大きく響いた。

「やだ」

「いいから」

「いやだ」

男は激しく、腰を動かし続けている。女は放心したように力を抜き、男の首にしがみつき声を出している。女の汗と性液で、祭壇が濡れ始める。女の性器は、少し濡れ過ぎているように見える。

「すごい」

「そうだよ、君は変態なんだ」

「違う」

「変態だよ。こんな場所で」

女は男の首に口を這わせ、男も女の首に舌を這わせていた。男の唾液か女の汗かわからない水分が、女の細い首の窪みを伝い、ゆっくり下へ流れた。祭壇が音を立てて軋み、その低く重い音が辺りに響いている。女が一度大きく痙攣し、男が腰を止めた。だが男はまた動き始める。女もまた声を上げ、受け皿が落ち、蠟燭《ろうそく》が倒れた。

「神が人間に干渉するか……干渉するなら今だろう？　僕をこのまま終わらせてくれればいい」

男は女の腰を手で浮かしながら、強く腰を動かした。女は口を開け、腕で自分の胸を押さえながら、身体を揺らし声を出している。

「このまま」

「……ダメ」

「子どもをつくれば……、ここで出来た子どもがどうなるか……、二人で見ればいい」

「やだ、中はいや」

「いいから」

男が声を上げ、力尽きたように動きを止めた。女は悲鳴に似た声を出した後、身体を震わせ、やがて静かに泣き始める。だが男はもう一度腰を動かし始めた。

「……え？」

「……まだだよ」

女の足の付け根から、男の精液がわずかに漏れ始めている。男はさらに腰を動かし、女は泣いているにもかかわらず、また声を出し、叫びながら男の背中を腕で締めている。女の声は少し大き過ぎるように聞こえる。足を自ら大きく開き、男にしがみついている。

外では雨が降っている。降り続ける雨の量は変わらず、微かに風が吹いている。小高い丘の上にあるこの小さな建物に、会員以外の人間が来ることはない。自動車の排気音が聞こえたが、それはここには止まらない。民家の集落はここから遠い。県道のカーブを幾つも越えなければここに来ることはできない。

「いいかい？　僕は」

建物の中では、男がなおも腰を動かしている。

「こうしてる間も、妻のことを考えてるんだ。あの善良な人の精神を駄目にした自分を」

時間は十三時を過ぎていたが、男はまだやめようとしない。

「しかも僕は神を信じてる。本当に、心の底から信じてる。罰も終わりの日も信じてる。

目の前に十字架もある。妻の顔も浮かぶ。なのに僕はこういうことをするんだ」

「……うん」

「たまらないんだ、こうすることが。心の底から信じてるのに、いや、信じてるからこそ、僕はこうしたくてたまらないんだ。自分の卑劣さと神からの軽蔑の眼差しを意識しながら、僕はこんな風に、……誰かもう僕を」

祭壇の蠟燭は折れ、床に落ちている。女はこれ以上ないほど男にしがみついている。男が大きく腰を動かし、声を上げまた力尽きたように動きを止める。女は目を薄く開け、また大きく痙攣している。

男は性器を抜くのを忘れた様子で、女にしがみついている。二人はそのまま激しくキスをし続ける。二人の舌が絡み合う音が静かに響き続ける。

「僕は……」

「うん」

「でも……」

外の雨は降り続いている。建物も風に当たり続けている。自動車の排気音がもう一度聞こえたが、それもここには止まらない。男は身体を離し、ゆっくり服を着始める。女はハンカチで足を拭い、下着を身につけ、セーターを手に取る。女のセーターは伸ばされたせいか、生地が傷み、たるんでいる。男が裂いたストッキングの固まりを、女はバッグにしまった。

「神は信じてるとしても……本当は罰なんて信じてないんでしょう？」

女がスカートのホックをはめながら男に視線を向けた。

「うん」

「そうだよね。わたしも罰は信じてない」

女は服を全て身につけ、髪をかき上げた。男も服を着、椅子に座っている。男の呼吸は嘘のように治まっている。

「すごく良かった。……君は」

「またしましょう。ここで」

「うん……、ここがいい」

「水曜日は誰もいないみたいだし」

女は時計を見、保育園の時間を思い出したように、少し慌てる素振りを見せた。女は祭壇を見、折れた蠟燭を見たが、やがて目を逸らした。

「でも僕達は、いつまでこんなことをするんだろう」

「え？」

「いつまでこんな風に」

「飽きるまでじゃない？」

「……人生に？」

「そうかもしれない」

男は脱力したように座り続けている。外の雨の音に気づいているかどうかわからない。男がゆっくり立ち上がると、女は少しずつ歩き始めた。だが男の身体には、まだ力が入っていない。

「でも、もし……」

女が、男を見ながらそう言う。

「神がさっきの私達の行為を、楽しんで見ていたとしたら」

「まさか」

男が言う。力なく。

「もしそうだとしたら、この世界の解釈はまったく別のものになるよ」

晩餐は続く

女は、男がナイフで肉を切り、口に入れていくのをぼんやり見ていた。広く冷えた部屋のテーブルに、女がつくった料理が並んでいる。スープやミートローフ、煮物やムニエルやサラダなどが、テーブルを埋めている。男はいつも、女がつくった料理を褒める。店を始めても成功するのではないかと、しつこく褒めることもある。だが女は、それは自分には料理しか褒めるところがないという、男の遠回しな嫌味であると考えている。

「……この間の献金の話は、うやむやになったんですね」

女はそう静かに言った。仕事の話をすると夫が嫌な顔をするとわかっていたが、そうであるからこそ女は仕事の話を口にする。

「うやむやじゃない。……何でもなかったんだ」

「そうでしょうか」

部屋が静かになっていく。空気のざわつきが死に、ナイフが肉を切る音、フォークが皿にふれる微かな音が響いている。天井には趣味の悪いシャンデリアが垂れ下がり、グラスの表面に光を反射させている。壁にはどこかの画家が描いた、高価な油絵が飾られている。皿にもられた、つまらない果物の絵だった。芸術など少しもわからないはずの夫は、記者や秘書達の前でこの絵を盛んに褒めた。その時の男のしわの寄った醜い笑顔を思い出し、女は肉を切る手に力が入った。

「この間、あなたが皆様とこの部屋でお酒をお召しになっていた時、冷や冷やしました。……言動が乱暴です」

「……聞いてたのか？」

「聞こえたんです」

男が小さく溜め息を吐くのを女は見逃さなかった。女は、もっと自分をうっとうしく思わせたいという暗い欲求に、心が疼いた。

「日本は、もっと貧乏人が必要だなんて……。記者の方がいたら、あの発言はまずかったと思います。貧乏人が増えれば、社会に不満が増す。その不満を海外に逸らすことができれば、日本はもっと右傾化していずれ戦争も可能になるって。バカバカしい」

「お前には関係ない」

男が苛々していく様子を、女は眺めている。

「貧乏な人は、兵隊になるしかない世の中になればいいって。金持ちのために血を流す人間達が必要だって。……アメリカが、そうなんでしょう？　貧しい地域を、兵隊のスカウトが回るんですってね。恐ろしい」

この部屋の絨毯を、男が五百万円を超える金額で購入した日を女は思い出す。男は以前の絨毯とはやはり違うと言ったが、女にはわからなかった。女は、この屋敷に時折やってくる、若いバイク便の男を思い浮かべていた。彼は、浅黒くたくましい腕をしていたが、靴は擦り切れ、髪も乱れていた。彼の年収は、この絨毯の値段より低いだろう。あのように美しい腕を持つ男の貧しいことが、女には理解できなかった。女は絨毯を購入した夜、夫の前でドレッシングをこぼした。顔を赤くし、細く醜い腕に力を入れた夫の姿をぼんやりと眺めた。夫はその時何も言わなかった。ただ家政婦の醜い女達が、慌てて絨毯の染みを取ろうとしただけだった。

「……お前も、家ばかりいないで、たまに羽根を伸ばしたらどうだ」

男は肉を飲み込むと、そう呟いて息を吐いた。

「……羽根？」

「○○君の奥さんに、どこかに連れてってもらえ。……今度言っておく。劇場でも、海外でも。……家にばかりいたら健康に悪い」

女は当然のように、男の言葉を無視した。

「……戦争は儲かるんですってね。……壊した建物を直すために、建設会社が儲かる。飛行機や船を作る企業も儲かる」

男は諦めたようにまた食事に取り掛かった。

「あなたはそういう人達と、仲良しなのでしょう？　……全て税金で、お国の財政はダメになるのに」

その時男が小さく笑った。女は不意に胸がざわつき、それを表情に出さないように意識した。財政、という言葉を自分が使ったことに、男は滑稽さを感じたのだと思った。女は気づかない振りをしながら、肉を噛み砕き、野菜を口に入れた。

「あなた、人気があるんですってね」

「……何が？」

「国民に、人気が」

「……ああ」

「過激な発言が、心地いいって。テレビで誰かが言ってましたよ。アルバイトをしてる若者が、あなたに期待してると言ってました。……可哀そうに。利用されてるだけとは知らずに」

男はスープを啜り、サラダを口に入れた。カロリーのバランスを、女はしっかり計算していた。料理は、女のプライドの中枢にあった。そのプライドを、女は男に押し付け続けていた。

「そんな人気のあるあなたが、マンションに若い女を囲ってるとわかったら、国民は驚くでしょうね」

男の手が静かに止まる。女は暗い喜びが内面に広がるのを、男と同じように手を止めながら感じていた。

「……何の話だ」

「何の話でしょうか」

部屋がまた静かになる。周囲の家具達の全てが息を止めたように。女がつくった料理は量が多く、なかなか食べきることができない。夫は食べ終えるまで部屋を出ることができない。

「かまをかけるとか、そういうのは……」

「動揺、してらっしゃいますね」

「動揺はしてない。ただ悲しいだけだよ」

「クラブの若い女。……犬が好きなその女のために、わざわざペットも可のマンションを用意したと言っても、まだ悲しいですか？」

男は手を止めたままテーブルを見続けている。秘書の松田からの急な連絡でもくればいいと、思っているのかもしれない。でも今日松田から男に電話などないことは、女にはわかっていた。

「……お元気ですね。心臓が悪いから、そういうお薬は飲めないはずなのに。これで八人目じゃないでしょうか」

「どうして……？」

男の問いかける目に、女は危うく笑い出しそうになる。浮気の発覚の理由を男が聞くのは、次の浮気のための参考としか思えなかった。

「どうしてかなど、どうでもいいでしょう？　さて、どうしましょうか」

「……何を？」

「マスコミの方にね、流してしまったんです。……選挙前だというのに」

男が息を吸った。

「……それは」

「嘘ですよ。こんなつまらない嘘に動揺するなんて」

女は声を出して笑った。だが女のその笑い声と、女の暗い喜びは連動していない。女が本当に笑う時は、もっと激しく、醜くなるはずだった。

「……ですが、選挙前ですから、控えた方がいいですね。……何か言うこと、おありですか」

「……すまなかった」

男がそう口を開いた。その凡庸で痩せた言葉が、女の頭の中を通り過ぎていった。すまなかったとは、どういうことだろう。すまなかったというのは、何かの過失において、口にする言葉だと女は思った。それは過失ではなく、故意に違いなかった。自分の積極的な行動を謝るとは、どういうことだろう。

「で……どうしてだ？」

「何がですか？」

「どうして、わかった」

男のしつこい問いかけに、女はまた笑いそうになる。男の目元は、まだ若かった頃の鋭さを保っていた。目の鋭さと内面の鋭さが連動しないことに、女はこの男と結婚して気がつくことになった。

「簡単です。……あんなに犬の毛を下着につけて、お帰りになるなんて……。調べてみましたら、トイプードルの、柔らかい毛だったそうです。……なかなか、主張の強い女のようですね。あなたにわからないように、つけたんでしょう」

「……でもそれだけなら」

「前科がありますから。……それにそれだけじゃないですよ。その一週間後、今度はあなたの肌着の肩の部分にも、靴下にもついていた。あなたのトランクスの、そのだらしないものが出るところのボタンにも、巻きつけてありました」

男は女の顔をようやく見ると、何も言うことができずまた料理を口に運び始めた。空気のざわつきが再び死ぬ。男が肉を噛む音、野菜を齧る音が微かに聞こえる。この部屋には不釣合いの、小さな時計が音を立てず動いている。男が食べ終わるのを待ち、女が口を開いた。

「ギリシャ神話の、アトレウス王のお話をご存じですか」

そう言った女の声が喜びで震える。

「何が?」

「あなたが食べた肉、その犬の肉ですよ」

＊

女は、なぜこの男と結婚したのかと、考えない日はなかった。しかしそれは本気の後悔とは少し違っていた。なぜだったのかを後悔のように考えることが、女の精神の暗い遊戯だった。

初めに知り合ったのは大学生の頃だった。男は外国の車に乗り、よくしゃべり、遠くからもわかる高い声をしていた。当時女には付き合っている相手がいたが、男は気安くしゃべりかけてきた。なぜこの男は軽薄に、相手のいる自分に近づいてくるのだろうと思った。あの男はもてるのだ、と友人から聞いていた。実際、様々なところに女がいるような男だった。

男の顔立ちは整っていた。目が鋭く、鼻筋は通り、少しだらしない口元は、逆に目を惹く要素のように思えた。だがそれはただの遺伝に過ぎず、男が獲得したものではないはずだった。家は大きな屋敷であり、親は政治家だったが、それも当然のことながら、男が勝ち取ったものではないはずだった。

女は当時の相手と付き合いながら、男に誘われると悪い気がしなかった。男にはどこか、危険とまではいかないまでも、自分の相手からは得られない何かがある気がした。友人から絶対にやめた方がいいと言われたが、それはその男に相手にされない友人の嫉妬だろうと思った。もてない男より、もてる男の方が魅力的なのは当然のことのように思えた。女を幾人もつくるのは、それらの女に、根本的に魅力がないからではないか。女はそう思い、実際、男もそのようなことを口にした。自分と付き合えば、この男も変わるのではないか。我がままで、これまであらゆることを自分の思い通りにしてきた女は、密かにそう思った。

男は予想していたより問題の多い男だった。全てを親に頼り、経歴のためアメリカに留学することになっていた。金と女にだらしなく、命令されるのを嫌い、約束も守らず、女以上に我がままだった。父親の地盤を継ぐと決まっていたとはいえ、自分で金を得ようとする意欲もなく、親からの莫大な小遣いでは足りず、借金をしてまた親に払わせていた。

女は戸惑いの中に、自分と男をどうしようもなく結びつける何かを感じた。男の欠落に、自分の身体がはまっていくように思えてならなかった。自分がいなくては駄目なのだ、と思うこともあった。その男の欠落に苦労し、悩みながら、自分を可哀そうだと思う自己愛に浸ることもあった。嫌であるはずなのに、抜けられなかった。周囲が反対すればするほど、いいところもあるのだとかばいたくなった。このような男を受け止めたい、そして育てたいという欲求を、自分の中に感じることもあった。だが本当にそれだけだったろうか？　女にはわからなかった。周囲の恋愛はどれも平凡に見えた。自身の欠落に過ぎないもので男が得をしているように思い、女は時々不思議な気分にもなった。男は自分を散々振り回した後、誰にでも嘘とわかる軽薄な言葉を残し、アメリカへ留学した。初めは手紙が来たが、そのうち来なくなった。男には別れ話をする度胸もなかったのだと思った。女は五キロ痩せた。

女の家は裕福で、就職などする必要がなく、マンションを引き払い別荘に戻った。高校生の頃、女が使用人達と暮らしていた別荘だった。時々母が訪れ、見合いの話を持ってきたが、女は気が進まなかった。彼らはあの男が手にしていたものに近いものを所有していたが、明らかに顔が劣っていた。実際に幾人かと会ったが、しかるべき教育を受けた彼らは大人しく、誰もが女の予想の中に収まっているように思えた。まだ若く美しかった女は、結婚するのであれば、自分が生涯で出会う男の中で、最も地位が高く、熱を注ぐ男と結婚しなければ損だと思った。女は最上の結婚をすることで、何かを取り返したいと思っていた。自分を変えることは難しく、今はただ、自分を満足させることだけを考えようと思った。婚期に当る時期に厄介な恋愛をすると、結婚できなくなると友人から聞いていた。周囲が次々結婚していく中、女は焦った。その焦りと拒否の中で、少しずつ歳を取った。

帰国した男からまた連絡があった時、なぜ自分はそれに応じたのか。男に会いたいというより、ただ結婚を望んでいたのだろうか。それともこの男に、特別な何かを感じていたのだろうか。車の中で昔のように押し倒された時、その男の行動を身勝手に感じながら、その身勝手さに、身体が熱くなった。自分が何を望んでいるのか、わからなかった。ただ、この熱だけは確かなものだと女は思った。

なぜこの男は、自分を妻に選んだのか。家柄と資金だろうかと初めは考えた。今でも少しはそういう風潮があるが、当時は政治家の妻には相応の家柄が要求された。男の父も驚くほど保守的な人物だった。それとも私なら、自分の悪事を大目に見ると思ったのだろうか。私が自分のことしか考えない同類であるから。そうであるのなら、この世界において私という存在は何であるのだろう。

男は父親の秘書となったが、実際は何も働いていなかった。父の悪事や不祥事の隠蔽は全て他の秘書達の仕事だった。秘書達の中に政治家を志すものもいたが、父の地盤を継ぐのは無能なこの男と決まっていた。彼らはこの男より、その父よりも有能に見えた。しかし父親が何かの収賄事件の的になった時、その何人かは責任を被せられ、辞職することになった。不可解に、線路に落下して死んだ者もいた。警察の捜査は途中で終わり、自殺と判断され葬儀が行われた。その死んだ秘書の目は穏やかで、幼い顔をしていた。まるで醜い者に食されるために生まれてきたような、よく気が利く若く優しい男だった。

初めの浮気の発覚は、まだ男が秘書だった頃のものだった。一晩の浮気ではなく、結婚前から四年も続く、厄介なものだった。女は泣き、男は夫婦の冷え切った間の修復に、父親と母親を頼った。男が不在の改まった席で、我慢してくれと男の父親から言われた。地盤を受け継ぐ時期が近く、あいつにもきつく言っておくから。あなたにも非があるというよくある言葉を予想していた女は、少し意外だった。だがそれから父親の視線が、気になるようになった。父親は自分を確かに女と見ていた。このように金と力を持つ老人には、あまりにもありがちなことだった。一度露骨に誘われた時、女は断った。それは貞操観念や、道徳とは違っていた。彼らの血の中に、もっと深く入り込んでいくのが恐ろしかったからだった。

男は立候補し、ほとんど組織票のみで当選した。男の地位と同時に、自分の地位も上がっていくことが女には不思議だった。同窓会などで友人などと再会すると、女は羨望の眼差しで見られることがあった。それは悪い気分ではなかった。だが自分の幸福は、どこにあるのだろう。自分の幸福は、周囲の羨望の中だけにあるのか。実際の結婚生活の不幸と引き換えに、つまらないものをつかみ取った思いは女の中で消えなかった。

それから男は二度目の浮気をし、三度目の浮気をした。男が四度目の浮気をした時、女はもう若くない自分の内面の何かが砕けたのを感じた。自分の貴重な人生の時期が、不条理に損なわれ、台無しにされた思いに苦しんだ。相手の女は嫌な声を持つ、頭の悪い凡庸な女だった。このような凡庸な女のために自分が苦しむ理不尽さも我慢できなかった。そして悪いことに、それは自分のこれまでの凡庸さをも突きつけられているように思えてならなかった。

男はゼラチンのようなぶよぶよとした生活を送り、その生活が身体を侵食するように、醜くなっていった。しかし目元の鋭さだけは、遺伝により保たれていた。しわに覆われ、ややたるんだ身体ではあったが、見ようによってはまだ容姿のいい中年に見えた。実際男は金の力で、いつも洒落た服装をしていた。だがその服のセンスは、若い秘書達からの助言によるものだった。

世の中にはずっと年上の男を好きになる女が確かに存在し、この男のように金と力を持つ容姿のいい中年は、女を引き寄せた。男によるマザー・コンプレックスより、女によるファーザー・コンプレックスの方が性に結びつきやすいのは、結局中年の男の卑劣さによるものかと女は思った。包容力、同世代の男にはない落ち着き、自分の話をしっかりと聞いてくれる。様々な通俗的な意見を聞いたことがあったが、女にはよくわからなかった。

恐らく、それよりももっと深い、人間の性の秘密があるのだろうと思った。

男は歳と共に見た目の包容力を増したが、実際にはそんなものは持ち合わせていなかった。淫欲があるだけであり、若い肌の水分を吸うために生きる、肉の塊であると女はよく思った。男は年齢の割りに、当然精神が幼かった。その幼さという欠落も、女を引き寄せるのだろうか。そのくだらなさを笑おうと思ったが、内面が砕けた女にもう笑う余裕はなかった。

世の中の成り立ちが、この男のような存在を許しているのだと思った。このような男が上手く、喜びに浸りながら生きていけるように、世の中がつくられていると。このような男に惹かれる女が存在し、このような男の言葉に騙される、馬鹿な国民がいるのだと。この男が死ねば盛大な葬式が行われるだろう。選挙区には、あるいは胸像の一つでもつくられるかもしれない。

女は、しかし自分の貞操を守り続けた。結婚してから浮気は一度もなく、他の政治家の妻達からホストクラブに誘われても頑《かたく》なに断った。誰々を店のトップにしたい、立派なホストにして店を出させてあげたい。夢を買っているのだから、騙されているわけではない。真顔で語る他の醜い妻達の言葉に、笑いを通り越して吐き気を覚えた。記者の中には顔立ちの奇麗な若者もいたが、何かのひいきをすることもなかった。秘書の松田からの暗い視線に、身体を預けることもなかった。貞操観念ではなく、夫への復讐だった。女は夫への復讐のために、自分の貞操を守り、その貞操を守る息苦しい不幸を夫に見せ続けることで、自分を夫に押し付けた。

女は庭に一人でいるところを、松田と家政婦に見つけられたことがあった。女は蟻の巣を執拗に壊していた。出てくる粒のような黒い蟻を、一つ一つ丁寧に潰していた。女は、自分はただこの黒い粒を潰したかっただけであり、この粒が自分の夢の中まで侵食してくるのを、防いだだけだと思っていた。女は主治医が家に来ることに、納得がいかなかった。薬を飲まされ、別荘に移され、しばらく横になるだけの生活が続いた。秘書の松田は、そのような女の世話をいつまでも静かにし続けた。女はまたこの屋敷に戻ってきたが、もう蟻の巣を壊すことはなかった。ただ広い屋敷の中で、ぼんやりとすることが多くなった。

女の中には、やがて海が生まれた。女の精神では支えきれなくなった陰鬱がつくり出した、有害な金属が溶けながら沸き立つ、暗く重い海だった。女はそれを吐き出す自分をぼんやり夢想した。笑いながら口から粘り気のある有害な海水を吐き出し続ける自分の姿を、いつまでも思い浮かべていた。

犬の肉、と聞いた男は、口を開けたまま女を見続けた。自分が食べつくした汚れた皿に一瞬目を向け、また女を凝視し始めた。状況が、整理できていないようだった。女は喜びに震えた唇をそのままに、男を見続けていた。この情けない子供のような顔にも、他の女は惹かれるのだろうかと思った。

「……本当に？」

男は、ようやくそれだけを言った。女は冷静に見えるだろう自分を意識した。

「本当ですよ。あの犬を、あなたも可愛がってたそうですね」

「いや」

「トイプードルには、ほとんど食べるところがない。背中と腹部と、太ももだけでした。固い肉でしたから、食パンと混ぜて砕いて、ミンチ状に」

女はそう言い、テーブルの陶器の入れ物の蓋を開け、男に見せた。そこには、もうこれ以上入れることができないほど、犬の茶色い毛が押し込まれていた。

男はそれを見た瞬間、嘔吐した。テーブルと絨毯が、男の吐瀉物で汚れていく。女は上

*

品な人間がするように、ハンカチで口を押さえながら男を眺めた。まるで下品であるのが男の方であるみたいに。

「犬に合うソースをつくるのが難しくて……デミグラスというか、……え？」

男の様子がおかしかった。吐瀉物が喉につまったように、喉を押さえ、不自然に身体を震わせた瞬間、胸を押さえ始めた。男の身体が床に倒れていく。発作かもしれない、と女は思った。男は去年、心臓に疾患が見つかり、弁の手術をしていた。男は胸をつかむように押さえ、奇妙なほど汗をかき、目をきつく閉じながら戸棚に入った薬を求めた。

女は血液が喜びの中で冷えていくのを感じた。苦しむ男の姿が、巨大に膨れた昆虫のように見える。こんなことは予想していなかった。確かに夫は薬を必要とする生活を送っていたが、最近の体調は良く、このような機会に巡り合うとは、思っていなかった。まさか、こんな風に、発作を起してくれるとは。女はこの機会を、神によるものかもしれないと思った。自分は今、この男を殺すことができる状況の中にいるのだと思った。しかも完全に、自分は無実だと思わせる形で。完全犯罪という暗い宝石のような渦が、目の前にあった。人生の中で、有り得ない確率で成立する稀有《けう》な機会。心臓の鼓動が早くなった。この男を、殺せる。自分の人生を台無しにした男の命を、踏みつけることができる。女は戸棚に視線を向けた。自分はこの男の全てを握っている。自分が薬を渡すかどうかに男の生死がかかっている。だれも自分を疑わないだろう。これは発作なのだから。病気なのだから。男が死ねば、自分は世間に同情されながら、男の遺産の全てを手に入れることができる。この男から抜け出し、新しい人生を歩むことができる。今の自分を愛してくれる男がいるだろうか。そういう男が現れるだろうか。金目当ての男しか考えられない。それでもいい。金目当てだろうと、何であろうと、またあの熱を、あの身勝手な熱を、私は感じることができる。そうであるなら、たくましい腕を持つ男がいい。暗い目の秘書の松田ではなく、あのバイク便の男のような、粗野で健康的な、浅黒い……。

女は不意に立ち上がり、小走りに戸棚に向かった。薬を取り出し、コップに水を注いだ。男の喉の気道を確保しながら、薬を放り込み、コップの水を飲ませた。男はまだ苦しそうだったが、峠を越えたようにその苦痛の波は弱くなっていた。男は目を閉じ、倒れながら胸を上下させていた。

「主治医を呼びます」

女が静かに言うと、男は弱々しく頷いてみせた。女は電話台に向かい、受話器を取り、ボタンを押した。その指は少しも震えていなかった。

「もしもし。……ええ、お休みのところ申し訳ありません。主人が発作で。ええ、薬を今飲みましたから、大丈夫だとは思うんですけど」

女はゆっくり男に近づき、ぼんやり眺め始めた。男は眠るように、呼吸が弱くなっていた。吐瀉物にまみれた男は、小さな地獄にいるように思えた。

「嘘ですよ。犬の肉なんて。……私も食べていたでしょう？　そんな気持ち悪いもの、私が食べるわけがない」

女の言葉は静かだった。

「あの毛は、あなたについていたものを、集めただけです。……選挙が近いのですから、女には身を引いてもらいましょう。お金でいいですよね？」

男はしかし頷く力がなかった。

「また、秘書の松田に頼みましょう。あの男なら、万事上手くやります。全てを秘密裏にやれる、影のような男ですから。……あなたはどうせ、別れ話をする、そんな勇気もないでしょう？　わかっています。お金を用意します。毎度のことですから」

女は子供のように目を閉じる、男の額に手をやった。女の手のひらが、男の汗によって微かに濡れた。

「主治医が来ますから。それまでもう少し我慢してください」

女はそう言い残し、部屋から出た。玄関の方へ向かい、少し迷った後、洗面所へ向かった。女は蛇口をひねり、冷たい水で手を洗った。男の汗が自分に染み込む前に、洗い流したいと思った。

指の先をこすり、指の間をこすり、手のひらをなぞるようにこすった。一度蛇口を止め、またひねり、また指と指の間をこすり始めた。手は洗っても洗っても、きりがなかった。

夫は助かるだろう。自分が戸棚へ向かったあの不意の動きを、女はいつまでも思い返していた。自分の手は、早く正確に、間違いなく動いた。男を死なせるわけにいかない。女は手を洗いながら、いつまでも思いを巡らしていた。まだあの男には、自分と一緒に汚れた海で溺れてもらわなければならない。

あの男と私は繋がっている。愛情など付け入る隙がないほど、粘りのある、黒い水で繋がっている。女はようやく蛇口の水を止め、タオルで手を拭いた。そしてぼんやりと、立ったまま鏡を眺め始めた。

なぜなら、自分とあの男は、これまでに五人の女の肉を食べたのだから。あの食卓で、調理された肉として、女の腕や足の一部を共に食べたのだから。……私の中で何かが砕けた、四人目からの肉を。私と秘書の松田が静かに、時間をかけて殺した五人の身体を。

女はまだ鏡の前でぼんやりとしていた。やがて身体を曲げ、吐こうとしたが、口からは何も出てこなかった。

A

目の前に首がある。私はどうやら刀を持っている。

酷く痩せた男が両腕を縛られ、乾いた土の上に座らされている。干からびた肌をし、垢や土で黒く汚れている。その支那人を見るのを不快に感じ、目を逸らそうとしたができなかった。この支那人と私には、何の関係もなかった。この男がこれまでどのように生き、どのような思いでここにいるのかなどどうでもいいことだった。私と関係があるのはただ彼の首だけで、私の現在の問題の全ては、この首そのものにしかなかった。微かに吹く風が、黄色い砂を散らしていた。四つ子のような貧弱な上官達が、粗末な柱のように私達を囲んでいる。視界に黒くモヤがかかり、嘔吐に似た感覚の後、新たな景色の中に自分がいるように感じた。私はどうやらまだ刀を持っている。自分が一瞬意識を失い、それを立ったままやり過ごしたのに気づく。目の前にはやはり首があり、周囲にもやはり四つ子のような上官達がいた。鼓動は痛みを伴うほど速く、一瞬の意識の喪失の間も、この鼓動はこのように持続していたのを思う。まるで他人の鼓動のように。激しく反応する自分の身体に嫌悪を感じたが、離れていこうとする私の意識を、その身体が引き止めているようにも思えた。心臓そのものが突き上がるようで、意識して喉を開き、自分の呼吸を体内に通さなければならなかった。

なぜ自分はここにいるのか、私は考えざるを得なくなっている。何者かが、しかるべき書類に私達の部隊を書いた。彼らの扱うペン先のインクにより、無数の人間の配置が変化し、それぞれの生死が無造作に置かれていった。〝山東省〟に送られ、階級だけがやや高い私は、この場所で新たな部下を渡された。彼らは頬が酷く削げ、痩せようのない目だけが大きく見え、瞳孔がやや開いていた。皮膚の全てが乾いているのに、唇だけが濡れ、赤く見えた。全員が農村の出身だった。あらゆる戦友を殺され、あらゆる敵を殺し、あらゆる飢えを超えあらゆる女を強姦した顔だった。自爆に似た作戦の中を、幾度も潜り抜けてきた者達。戦闘の中で、圧倒的な運を持ち続けてきた者達。彼らは新たな上官である私を蔑むように見た。出来の悪い野菜でも見るように。私は一週間の見習士官講習を受けることになった。噂には聞いていた。各地で行われていたことだ。今日は最終日だった。

早く斬れと四つ子のような上官達の声が響いた時、また心臓を深く突かれたように思った。でも刀を握る腕や手首は自ら意志を持ったように硬直し、私はまた深く息を吸わなければならなかった。でもその呼吸による弛緩は胸部に留まり、二つの腕に伝わろうとしなかった。他人の腕。そうではなく、この腕が私で、今の私の意識が他人であるのかもしれない。もう斬ればいい、と私は思っていた。ここは戦場で、周りがそうしているのだから、自分もその流れに身を預ければいい。これが世界なのだから。でも私の身体は動こうとしなかった。目の前に首があった。垢がこびりつき、明らかに栄養の足りない萎びた首。それが私の前に、私の未来を遮る行き止まりの壁として存在し続けていた。その首は支那人の頭と胸部を繋げ続け、それが分離しない限り私の時間は動かなかった。

私は戦争を、殺さず殺されもせず、やり過ごすはずだった。遅れて戦地に駆り出されたやや年長の私のような存在の、士気が高いはずはなかった。私がこの戦争で行ったこれまでの悪は、我慢がきかず、設置されていた慰安所に行き、無感動に私を迎えた朝鮮人の女の足を開いたことだった。あの四畳に満たない狭く閉ざされた空間での射精が、途中で泣き始めた朝鮮人の中への射精が、どれくらいの悪であるのか判断力を私は失っていた。今の私はそこから戦地に巻き込まれている。戦争はしつこく、終わらず、私に絡みつき続けていた。この捕虜は逃亡を図ったというが、本当かわからない。この殺害の否定は、戦友の否定を意味した。彼らはもう天皇への忠誠の過去を忘れていた。自爆のような攻撃命令の中を、圧倒的に少ない確率で、潜り抜け続けてきた者達。天皇のためという理由では戦えなくなり、その宗教的洗脳が無慈悲にも解け、彼らは家族や恋人を守るという感情で何とか自分達を満たそうとしていた。でも彼らはもうそれもできない。家族や恋人の安全を考えるなら、そもそも戦争などやめるのが最上の策だから。日本が抵抗すればするほど、内地が危険にさらされ、敵の攻撃の容赦がなくなるのだから。それはこの土地に来てわかったことだった。支那人が抵抗をやめれば、私達もこんなにも徹底的な攻撃をすることはない。村民に混ざった兵士を殺すには、村民を殺すしかなかった。だから私達の抵抗も、それが勝利に繋がらない限り事態を無残にした。私達は戦う理由を失っている。米英の援助を受ける支那人達は無限の敵として出現し続けていた。顔も虚ろな彼らの出現に終わりはないし、いくら捕まえても殺しても彼らは増殖し続けていた。

早く斬れと上官達の声が再び響く。腕が反射的に、恐らく上官への恐怖から、自分でも驚くほど高く上がる。そうだ、と思う。もうどのような身体の反応でもいいから、振り下ろしてしまえばいい。ただ私は彼らの意志の下に、彼らの意志そのものとなり、その神経の末端の動きとして刀を振り下ろせばよかった。その自分の悪を、彼ら上官達に譲り渡せばよかった。私に意志など持つことはできない。でも動くことができなかった。無理ですと泣いて叫び、上官の足元にすがる自分を想像した。だが殺さない選択肢は存在しなかった。ここで反抗すれば、私は憂鬱な私刑を受けるだろう。そして明日に迫った突撃の時、最も早く死ぬ最前線に憂鬱に配置されるだろう。目の前の首は人間でない、と思おうとした。そもそも、私はこの萎びた支那人にヒューマニズムなど感じていなかった。ただ自分がこのような形で、人間を殺した者になるのが嫌なだけだった。これは人間ではなくただの首だと思おうとした。この首を切断すれば私の人生はこれからも続くし、後でもし悩むならそこで悩めばよかった。ヒューマニズムを取り戻し、自分の罪悪の傷を舐めながら倒錯した快楽でも感じていればよかった。ヒューマニストの顔をして後で悔やめばよかった。まだ私が私であり続ける余地は残されていた。覚悟はない。でも覚悟がなくても、人間は動くことができる。鼓動が不快なほど苦しくなる。鼓動に急かされるように、視界が狭くなっていく。腕に力が入る。誰かが同情してくれるだろう。私は孤独にならない。もう時間はない。自分は首を斬るのではなくただ腕を振り下ろすのだと思おうとする。だが首はヒクヒクと動き私の面前に圧倒的な異物として迫ろうとする。呼吸が激しくなる。その首は私を超えたものとして厳粛に不機嫌にそこに存在し続ける。私を飲み込むほど迫り続けてくる。不意に支那人が動く。私は弾かれたように支那人を見た。支那人は辺りをキョロキョロ見ている。顔に薄ら笑いを浮かべている。まるで珍しい場所に連れてこられた犬のように。この男は狂ったのだ。狂った男を刀で斬る？　もうこれは終わりにできるのでは？　私は希望に似た何かを感じる。

「畏れながら」

私は叫んでいた。

「この男は狂っています。敵を斬ることはできますが、狂った男を斬ることは、皇軍としての誇りにかけてできかねます」

私は言い切っていた。まだ彼らではない私は、上手く彼らの言葉を真似できただろうか。これで終わるのではないだろうか。また日程が改められ、この四つ子のような貧弱な上官達は明日の突撃で全員死ぬのではないだろうか。私は息を飲み、上官達の顔を見ていた。だが上官達には何の変化もない。身体がどこかへ落ちていく。彼らは早く斬れと同じ言葉を繰り返す。面倒くさそうに。

「畏れながら」

「……黙れ」

その声は、軍人的抑揚のない、静かなものだった。

「これはお前が考えてるようなことじゃない」

上官のうちの誰かが言う。驚くほどの、けだるさと無表情の中で。

「私達は、畏《かしこ》くも天皇陛下から、部下をお預かりしている。それをお前に任せなければならない。人間を殺したこともない男は戦場で使えない。今のまま、度胸のないお前を明日の突撃に出せば、お前もお前の部下も全て死ぬことになる。これは理不尽な命令ではなく静かな要求なんだよ。お前はこいつを殺さなければならない。こいつを殺して変化しなければならない。一人でも臆病者がいれば全員に関わる。上層部から熾烈な命令が次々届いている。もう私達は自分達を変化させるしか道はない」

私は四つ子のような上官達の顔を見る。彼らは一様に疲れている。

「畏くも天皇陛下は」

私は自分でも思っていないことを言う。

「畏くも天皇陛下は、我々がこのような無抵抗な狂人を殺害することをお許しになるでしょうか」

上官達が私を見る。酷く驚いたという顔で。

「お前は何を言ってるんだ？」

上官達が言う。

「陛下がお許しになるわけがないだろう？」

私は茫然と上官達を見、私達が同じ孤独の中にいたのに気づく。周囲の全てが、自分の身体の中に染みこんで来るように思う。意識の隅で、今ならこの首を斬れると思っていた。私は再び腕を振り上げていた。自分はやろうとしている。このままなら腕が動いていく。後のことは、後で考えればいいのだから。身体全体を何かにつかまれるような感覚の後、手首に衝撃があり、私は刀を振り下ろしていたのに気づき、しかしその刃が首に届く瞬間、自分が何かを考えたことにも気づく。力が抜け、私の刀は首の骨に当たり、その固い抵抗に止まっていた。血が噴き出ている。支那人が叫ぶ。刀は支那人の首の肉に挟まり、固定され、私は反動で刀を手放す。支那人が叫ぶ。縛られた腕を何とかほどこうとしながらのたうち回る。「早くしろ」上官達が静かに言う。「早くとどめをさせ」私は怒りが湧いた。周囲の全てがさらに自分の身体の中に染みこんで来る。この支那人は狂ってなどいない。狂った振りをして助かろうとしたのだ。何と支那人は卑劣なのだろう。自分がわざと怒りを感じているようにも思ったが、その意識に目を向けるのには恐怖があった。上官が新たな刀を私に渡す。私はそれを握る。支那人のくせに。私は咄嗟に浮かんだその言葉にしがみついた。支那人のくせに抵抗するなんて。支那人のくせに、私の一太刀ですぐ死なないなんて。支那人のくせにまるで人間のように悲鳴をあげ、首に骨まで通してるなんて。人間のように私に迫り、私の善悪の判断の中に、入り込もうとするなんて。支那人のくせに。支那人のくせに。私は叫び声を上げ、のたうち回る支那人に刀を打ち下ろす。支那人だが顔に当たる。刀は支那人の目と鼻と頬を無造作に斬った。また悲鳴が上がる。血なんて出してやがる。醜い蛮人が血なんて出してやがる。私はもう一度首を斬り、でも切断することができず、その瞬間、柔らかそうな男の腹に目がいった。私は男を軍靴で踏みつけ、そのまま、腹に向かって刀を突き刺した。腹の中は柔らかく、腕はスムーズに動いた。刀を腹の中に埋め混ぜるように回す。何かが腹の中で引きちぎれていく。もっとちぎらなければならない。なぜなら終わりたくないから。終わった後にくる何かを感じたくないから。私は刀を腹の中で夢中に動かし続ける。支那人は痙攣し身体をガクガク震わせている。支那人がもう動いていないと気づくのに、しばらく時間がかかった。何かがこみ上げてくる。このこみ上げに、意識を乗せてはならない。私は何か声を上げようとしたが、四つ子のような上官の一人が私の肩をつかんだ。

「それでいい」

私はその親密な言葉にすがろうとする。

「見事だ。お前は勇敢だった。我々のために、我々友軍のために、お前は自分の手を血で汚した。お前は自分だけは高みにでもいるように手を下さない、そんな卑劣な人間ではなかった。見事だ。お前はこれで我々の仲間だ。さあ飯を食おう。お前の勇気と度胸を皆に知らせよう。明日の突撃ではもっと支那人を殺せる。部落を見つけ、女も殺せる。女は子を産み支那人を増やすから殺さなければならない。どうせ殺すのだからその前に犯せ。お前も気づいていているだろう。死の前にいる我々の性は内地では考えられないほどにうごめき我々を突き動かし続ける。泣き叫ぶ女を押さえつけ犯せ。それくらいできなければここでは生きていけぬ」

私は立ったまま何も考えることができない。だが別の上官が続ける。

「お前の心配に答えよう」

上官が私の背に手を置く。私はその大きな手の感触に父のような温かさを感じる。

「この行為は、誰にも知られることはない。この死体は深く埋められる。お前の行為も、私達の行為も、誰にも知られることはない。なぜならこれは神話だから。私達にはもう退路がない。私達が戦争に勝てばこんな行為は揉み消せる。私達が戦争に負けても、これらの行為は敵側によって大げさに語られていき、やがて実態を失う。実態から外れていけばもうそれは真実ではない。いずれ私達の国の連中がその信憑性に異議を唱えるだろう。我が国に汚点などないと。証言記録など伝聞に過ぎぬ、写真など細工できると言いながら。我々のことなど何も理解していない、過去を直視することすらできぬ臆病者どもがそう叫び続けるだろう。彼らは我々の苦悩も体験も理解しようとせず、ただ取り憑かれたように奇麗ごとだけを並べ続けるだろう。敵も味方も真実よりその時代の都合で歴史を語る。消失にしろ強調にしろ、何もかもが実態からうやむやになっていく。つまり私達は歴史から断絶している。この場は、この場にいる私達は、過去と未来から断絶し、歴史と断絶し、ただこの時間と空間の中に孤独に存在しているだけだ。だから私達はその孤独の中でしっかり結びつかなければならない。私達は仲間だ。歴史から断絶された存在者同士の」

私の目の前に部下達が姿を見せる。彼らは私が殺した支那人の無残な死体を見、口元に笑みを浮かべ、やがて私の顔を畏怖の念で見始める。私の内面は誇らしさに包まれる。私はその自分の変化に自分を心地よく預けていく。私の粗末な意識など無造作に弾く、圧倒的に巨大な空間に私達は覆われている。私がお前達の上官だ。私は支那人などどのようにでも扱う。私は不意に彼ら部下達に強烈な親しみを感じる。退路もなく、歴史から断絶され、そしてもうすぐ無残に死ぬだろう彼らに。

彼らが生きている間に、何かの褒美を与えたい。私は思いを巡らし続ける。女を見つけたら彼らに与えよう。彼らに喜んでもらいたいから。私が自ら女を押さえつけ、彼らの行為がよりスムーズに荒々しくなるように、手伝ってやろう。女の上で動く若い彼らに対して、気持ちいいか？　気持ちいいか？　と確認するように、励ますように問いかけよう。終わろうとする彼らの生命が女の上で激しく震える様子を、弟を見るような温かな眼差しで見つめよう。敵を殺し、女を犯し、軍歌でも歌えばいい。歌詞の意味などどうでもいい。私達はみな孤独だから。

部下達が私を囲む。笑顔に満ちている。私はこれほど人間を愛したことがなかった。

B

巨大な風呂敷を背負った女が、前を歩いていく。私達の荷車に置けばいいものを、彼女はそれを拒否し、自分で担いでいた。誰も取るものなどいないのに。

初めて彼女と会った時、彼女はまだ私達の言語を満足にしゃべれなかった。だから彼女の叫びを聞いた時、酷く獣じみたものを感じたのだった。彼女は私の検査を嫌がり、手足を大きく使って暴れ、しかし将校が怒鳴り刀を見せるとわずかに大人しくなった。だが私が粗末な衣服に手をかけると、彼女は私の顔を蹴った。こんな田舎の処女の女が性病にかかっているはずもないが、検査をしなければならない。

おおかた工場で働くと言われ、ここに連れてこられたのだろう。慰安婦募集の新聞広告で、このような女が来るはずもない。なぜなら彼女らの識字率は低く、娘を売らねばならない家は新聞など取っていないから。あの広告はだから業者に向けたものだ。この抵抗を見れば、彼女が騙されここに連れてこられたのは明らかだった。無理やり引っ張って連れてきたわけじゃない。誰かがそう言ったのを、聞いたように思った。恐らくどこかで誘拐の事例もあるだろうが、少なくとも、ここではそのようなわかりやすいことはしていない。だが、騙されたのが明らかな女を無理やり収容することと、どれほどの違いがあるだろう？　まさか女達が騙されてここに集められたことを知らなかったとでも、馬鹿な言い訳でもするつもりだろうか？　慰安所を管理している我々が、大の大人が、そんな愚かな言い訳を？　しかし咎めるものはない。女が不足しているから。

私達はもう、全員死ぬだろう。作戦の命令は日に日に熾烈さを極め、愚かさを極め、もうほとんど自決の命令と変わらなかった。私は彼らの仲間としてもうすぐむごたらしく死ぬだろう。私は彼らに同情し、同じ運命である自分にも同情する。せめて死ぬ前に、女を抱いてもらいたいと思う。しかし検査に泣き叫ぶ女を見ながら、その恥と屈辱と苦痛の叫びを聞きながら、私の意識はぼんやりし始めた。私は機械人形のように検査を終えた。私は部屋を出され、将校と女が二人きりになる。善良だったこの将校は度重なる戦闘で普通ではなくなっていた。普通ではなくなっている男の前に女が残されれば、後にどうなるかは誰にでもわかった。私の背後で女の新たな悲鳴が聞こえる。激しく争う音も。初めに味わうのはいつも将校だった。そしてそのような彼らを置いて部屋を出た私も普通ではなくなっていた。一週間後、また検査のため女の前に立った時、彼女はもう別の人間になっていた。完全に気がふれたまま、私達の言語を覚えていた。言わされていたのだろう。彼女が覚えた単語は「嫌デス」「アナタノ母デス」「愛シテマス」だった。

風呂敷を抱え歩いている彼女の後ろ姿を見ながら、内地にいた頃を思い出していた。見習いの医者になったばかりの私を励ましてくれた、年上の従姉の女だった。時々私を弟扱いしたが、まだどこにも嫁がず、大人しい人だった。庭で話していた時、座った彼女がタンポポの茎をそっと千切り、珍しく紅を塗った唇で、その白くなった綿に息を吹きかけた。座った着物の隙間から、肌色の太ももが見えていた。綿の白は空に向かって飛びながら舞い、そのそれぞれが、やがて芽を吹くのだった。彼女の太ももを見ながら、私はいずれ自分が軍医として戦争に送られ、この太もものもっと奥を見ることもないまま、死ぬのだろうと思った。彼女は私に向かって憐れむように微笑み、私の視線に気づいていたはずなのに、足元の着物のズレを直さなかった。

巨大な風呂敷を担ぐ女の足元がよろける。私は手を貸そうとし、自分の偽善を恥じた。私は彼女に、そんな風呂敷など捨ててしまえと言いたくなる。なぜなら、その中身は全て軍票なのだから。彼女が金だと思っているそれは軍が発行する軍票であり、既にインフレを起こしているそんな仮の紙幣など、もう価値はないのだから。彼女の足元がさらによろけ、風呂敷の結びがとける。風が踊る。軍票が辺りに舞い始める。

彼女がかぼそく叫ぶ。私達は一斉にその空に舞う軍票の束を見上げた。青く染まる空に、無数の粗末なしなびた紙が風に乗り、広く静かに舞い上がっていく。私達の恥が飛ぶ。戦勝国の蛮行はもみ消されるが、敗戦国の蛮行は明るみに出る。この軍票は我々の恥であり、外地に飛んでいくことで、憎悪の芽を生むだろう。私は咄嗟に目の前に舞ってきた軍票を拾う。私だけでなかった。友軍の全てが歩みを止め、その栄養不足の足をバタつかせながら拾い始める。みなが軍票を追い、拾っては彼女に渡し続ける。風は容赦なく吹き続けるが、友軍達は軍票をつかまえ続け、それをまた彼女の風呂敷の中に隠そうとする。私は軍票を追いながら、従姉の女を思い出していた。私の目が濡れた。

もう、内地に帰ることはできない。彼女に結婚を申し込むこともできない。なぜなら、私はこの女をもう七度も抱いたのだから。軍医であるにもかかわらず、サックもつけず、彼女の中に七度も荒々しく射精したのだから。私はその最中、彼女に「嫌デス」「嫌デス」と言わせていたのだから。その方が興奮するという理由で。私は自分が拾った分の軍票を、彼女の前に差し出す。彼女は不意に笑顔になり「アリガタク思イマス」と言った。そんな言葉も覚えたのか？　もう狂ってるというのに？

私はその放心した女の笑顔を見ながら、これから自分が生きていくには、安らぎがいると思った。むごたらしく死ぬまでに、数秒でもいい安らぎが。そしてその安らぎを与えるのは、もう彼女しかいないのだった。

二年前のこと

「英語を、習いたいなあと」

「いつからですか？」

「いつ、ってわけじゃないんですけど……」

彼女と二人きりで話したのは、その時が初めてだった。彼女は、僕が何度か一緒にお酒を飲んだことのある友人の、大学のテニスだったかクリケットだったかの、サークルの先輩だった。僕と彼女はお互いの連絡先は知らないけど、その友人を介して会えば挨拶し、言葉を交わした。こういう関係性を、何と呼べばいいのだろう。友人、と呼ぶには精神的に距離があり過ぎる。友人の友人、と呼ぶには僕と彼女は何度も会ったことがある。知り合い、だろうか。乱暴な言葉だけど、その漠然とした響きは、僕と彼女の距離をそのまま表してるようにも思う。でも僕は未だに、彼女との関係を上手く名づけることができない。

「どこに習いに行くか決めてるんですか？」

「いや、まだ……」

僕は口ごもる。

「でも、習いに行こうとは思ってるんですよね？」

「……それはそうなんですけどね」

友人に呼ばれて行った渋谷の居酒屋には、他にも何人かの人がいて、その中に彼女もいた。会が一通り終わり、帰る方向が近いとわかり、お酒を飲めない彼女が車で僕を送ってくれることになった。こういう善意を向けられる時、いつも僕は理由をつけ、タクシーを拾い一人で帰る。別に人間が嫌いなわけじゃないけど、人と会い、それが終わりタクシーに乗るとほっとする自分を感じてしまう。あの時、なぜ彼女の車に乗ったのだろう。

「あとは、行ったことない日本の県を、全部回ってみたいんですよね。自分の国だし」

「どこの県からですか？」

「……群馬です」

嘘だった。本当は決めてない。

「思ったら行くべきですよ。今の仕事が終わったら行く、と決めちゃうとか。英語習いながらでも行けるし」

「海外もね、もっと本当は……。でも飛行機が嫌で」

「私飛行機好きですよ」

「本当に？　だって、あれ羽根で飛んでるんですよ？……羽根がなきゃ駄目な機械なんて信用できます？」

　僕の馬鹿な意見に、彼女が少しだけ笑う。

「私ね、空好きです。飛行機乗ると、真っ白い雲がもこもこ見えるでしょう？　あんな大きなもこもこ見てると、何か別の世界に来たみたいだし」

「うーん」

「とにかく行くべきですよ。海外でも国内でも」

　はっきりとした輪郭も残さないまま、窓の風景が過ぎていく。彼女はラジオも音楽もつけない。時々沈黙もあったけど、妙に安心できる空気があった。でもそれ以上仲良くなり、いわゆる友人、となるまでの意志は僕にはなく、恐らく彼女にもなかった。僕はあの時三十一歳で、彼女は四十歳だった。距離を縮めることになぜか遠慮していた。僕は自分のぼんやりした願望を小さな声で言い続け、彼女は肯定し促し続けた。彼女の肯定と促しの言葉は、どれも急ぎ、のニュアンスが含まれていた。僕は彼女が数年前に受けたという、深刻な手術のことをぼんやり意識していた。

マンション付近のコンビニエンスストアで降ろしてもらい、手を振り合って別れた。大抵僕は乗り物酔いをするけど、距離があったのに何ともなかった。彼女の運転が、丁寧だったのを思い出す。そういえば随分前、僕は彼女やその友人達に、自分の乗り物酔いについて話したことがあった。

日というものがいつまでもあると錯覚している自分を思いながら、ベッドに入る。僕は、お酒を飲むと眠れなくなる体質だった。なぜか部屋のドアノブだけがぼんやり霞んでるように見え、その風景の不十分さのようなものが、いつまでも気になった。本当に叶えたいのか、別に叶えなくてもいいのか、よくわからない小さな願望が、内面に浮かんでは色褪せていた。朝方、人生の残りの時間に思いを馳せながら眠りについたけど、目が覚めるとまた元の日常に戻っている。忙しくなる仕事に追いつめられるうち、英語も旅行も意識の隅に消えた。

編集者と飲んでいる時も、僕はぼんやりした願望を口にしていた。オーディオを買おうと思うとか、そんな内容だった。編集者は、僕のぼんやりした話を丁寧に聞いていた。〜がいいってこの間○○さんが言ってましたよ。〜に確か専門店があったような……。でも僕は、随分前に、その編集者とは別の編集者に、お勧めのシステムを教えてもらうと決めていた。なら話すなよと自分でも思うが、なぜかあの頃の僕は、ぼんやりした願望を深く考えず話すことが多かった。

段々酔いも深くなり、何とも真面目な雰囲気になる。現代文学について。文芸誌という媒体について。現代文学の新しさと世の中の新しさは、果たして一致してるのかどうかについて。僕は話題を、すぐ相手に合わせる癖がある。そういえばあんなことがあったな、と思い僕は口を開く。でも僕の言葉は編集者の望んだものではなく、さらには僕の感情からも離れ、なぜか愚痴のようになる。

「この間の批評、読みました？　あの、ええ、そうそれです。……全部あの人の文学観でしょう？　僕はそんなの興味ないんですよ。全然興味がない」

本当は、そんなことはどうでもよかった。そんな狭い話は。もっと別のことが言いたかった。

「……批評と単なる趣味の表明を、勘違いしてるんですよ。好き嫌いと良い悪いは違う。僕は……」

小説を書いている時は喜びがあるけど、発表した後はほとんど苦痛しかないこと。作家になれたのはラッキーだったけど、そもそも作家になろうなどと思わないほど明るく健全な人間であったなら、もっと生きるのは楽だったんじゃないかと今さら思っていること。

韓国の評論家から、あなたの小説に母性というものが出てこないのはなぜ？　と鋭く質問され自分の人生について考え込んでしまったこと。本を読み、本を書くだけで二十代後半の全てをつかったこと。それでいいと思ってしまっていること。将来は悪い予感しかないこと。たとえ仕事で文学的に成功したとしても、精神の幸福には成功しそうにないこと。太宰や芥川が死んだ年齢がちらつくこと。迷惑がかかるから誰にも言えないけど、実は仕事で本当に辛い出来事があったこと。

「色んな小説があっていいはずです。そこから今までの常識とは違う新しさが生まれるはずだから。どうして皆が同じになる必要が？……」

自分でもどうでもいいと思っている僕の言葉は、当然編集者にとってもどうでもいい。でも編集者は、顔色一つ変えない。慣れてるのだ、作家の愚痴を聞くなんてことには。結局のところ、「書きましょう」という結論に落ち着く。編集者の手にかかれば、作家のどんな愚痴も「書きましょう」に集約される。でも、その「書きましょう」が問題のようにも思う。そこが全ての始まりだから。

数日前の記憶がよぎる。かなり酔いながら信号を待っていた時、スピードを出し暴走するトラックをぼんやり見ていた。僕は酔ってゆるくなった頭で、冗談半分で、僕が今飛び出したらあのトラックは驚くだろうと思い、実際、一歩、トラックの前に出た。あの瞬間には、確かに何かに吸い込まれる感覚があった。これは嘘だよと言うような、生ぬるい、浮わついた、でもしっかりと身体に——特に背中と腕に——粘りついてくるような空気。その違和感に我に返り、僕は身を引き、また信号を待つ姿勢に戻った。何やってんだ俺は、と冗談のように苦笑しようとした時、自分が異常な量の汗をかいていることと、同じく信号を待っていた周囲の人達が、僕を異常な目で見ているのに気づいた。書きましょう、の果てにあるのは、もしかしたらあれでは？　僕はお酒を飲み、自分をあの感覚に近づけながら、考えていた。いや、恐らく、そうではない。書かない、書けない、の果てにあるのが、あれなのではないだろうか。ということは、僕はこの生活から降りた時、あれに向かうのだろうか？　でもそれはなぜだろう？　一体、いつから僕の人生はそうなったんだろう？

「いや、でも、やっぱりあの批評は……」

彼女が入院したと知ったのは、編集者と別れてタクシーに乗り、携帯電話を開いた時だった。友人からのメール。誰かと会う間携帯電話は見ないようにしているので、知るのが遅れた。メールは二時間も前に届いていた。

僕は編集者に言ったどうでもいい愚痴を後悔しながら、そのメールを読んでいた。入院とは何だろう？　以前聞いた手術と関係してるんだろうか？　そう思いながら、同じ友人からの二通目のメールを開く。そこにはもっと詳しい内容が書かれていて、彼女が東京を離れ、実家に帰って入院してるとも記されていた。「まずいかもしれない」。メールの文面には、そういう言葉もあった。

タクシーのラジオからは、よく聞き取れない人の声が無数に重なり合っていた。自分が関わったことのある人が、今、遠くで「まずいかもしれない」状況にいるということ。あの時僕は、何の根拠もなく「大丈夫だ」と思っていた。それは彼女の無事を願う中に、人の苦痛や悲しみによって自分が受けるダメージに、耐えられそうにないという思いも含まれていた。あの頃の僕には、様々に余裕がなかった。「まずいかもしれない」には、「大丈夫だ」と思うしかなかった。

当時の僕は（今でもそれほど変わらないけど）なるべく精神的な負担を避ける生活をしていた。毎日を平坦に、ある程度ルーティーンを意識して過ごす。昼頃目を覚まし、食事をしながら、お笑いのユーチューブかＤＶＤを観る。そうやって笑うことで、まず精神的なゲージを上げる。散歩をし、帰ってきて、夕方の一番頭が冴えている時に、小説を書く。そして野球を見ながら夕食を済ませ、散歩に行き、帰ってきて、エッセイやコラムなどを書く。その後は小説を読み、眠ればいいのだけど、そうでない場合、必ず気持ちが沈む。そういう時はそのままにせず、またお笑いのＤＶＤか、自分の生活とは全く関係ない漫画を読む。そうやって、自分の人生と向き合わない時間を意図的につくる。無理に眠ろうとする努力をやめる。笑いというのは、僕の面倒くさい意識を通り越し、条件反射のように発生するから精神的にいい。

こういう毎日からわかるのは、僕の人生で更新されているのが、仕事しかないということ。僕の人生の一日分が、小説何枚、エッセイ何枚、つまり文章というものに還元されるだけであること。精神を安定させるために同じような日々を生き、ほとんど残る記憶もなく、ただ文章だけが更新されていくこの生活とは何だろう？

そういった僕の平坦な日々の中に、友人からのメールは届き続けていた。手術は一旦成功したけど、身体のある部分が、人工のものになったとあった。その部分は、人間にとって、非常にデリケートな部分でもあった。なぜ友人は、そんなことまで僕に言うのだろう？　彼女にとっては、知られたくないことではないのか？　僕はそのような事実を知ってまでなお、「大丈夫だ」と思っていた。何も大丈夫ではない。身体の部分が損なわれているのだから。それはまぎれもなく、身体にとっては一つの死を意味するのだから。でも僕は「大丈夫だ」と思い続けた。

彼女から、僕を雑誌で見たという伝言があった。あの時の飲み会で僕に勧められた映画を、元気になったら観るともあった。確かに僕は、彼女に聞かれるままに、好きな映画をいくつか彼女に伝えていた。僕はＤＶＤを彼女に送ると伝言を頼んだ。でもちょっとヘビーな映画だから、退院してからねとも。みんなで観ようとも。

不安になり、考え込むような物事は、大抵想像より悪くない結末になる。でもその中の一部には、不安に思っていたのが的中し、いや、そのような不安をさらに大きく越えた悲劇として、僕達の精神的な準備も関係なく、無造作に、不条理に、冷酷な事実として、僕達の面前に出現することがある。世界がそういうものであると、僕は知っているつもりだった。なのに、僕は「大丈夫だ」と思っていた。大丈夫なはずがないのに。その数日後に、もう一度入院することに、つまり退院できなかった知らせがあった。転移、という言葉もあった。

彼女が亡くなった時、僕はビジネスホテルの部屋にいた。単行本の発売を間近に控えた、小説原稿の最終チェック。〆切を明日に控え、一字一句、集中して微調整するために、自分でホテルの部屋を取った。

出版社に言えば取ってくれるのかもしれないけど、就職率が超氷河期と呼ばれた二〇〇〇年に大学を卒業した僕のような人間は、何かに頼るという感覚が抜け落ちていた。そもそも作家になる前は、ネットカフェで生活する一歩手前だった。目の前の原稿を見る。完成に至るまで、これまでの小説よりずっといいものにしたいという気持ちが先走り、精神的に大分追い詰められていた。でも、今日の微調整さえきちんとできれば、この小説は確かに、これまでの自分の作品では描けなかったところまでいける。静かではあるけれど、追い詰められてもいたけど、そんな軽い興奮の中にいた。

電話が鳴る。メールではない。友人は彼女の死を僕に告げ、念のためというように、東京から遠く離れた彼女の故郷で行なわれる、彼女の葬儀の日程を告げた。電話が終わり、僕は椅子に座って煙草に火をつけていた。窓に音を感じ、振り返ると、何かの昆虫が窓にあたっていた。カナブン、だと思うが、その虫は窓にぶつかってもなお、また窓に向かい、もう一度、ぶつかっては飛んだ。その動きは、どこか狂気に似ていた。

もしかしたら、今ここに、何かがあるのかもしれないとぼんやり思っていた。彼女の死は遠くで起きたことではあるけれど、その死が携帯電話の電波で話す僕達のこの場所に何かで届き、その関わりのあった人間達がいる空間がわからないほどの加減で微かに歪み、そのことが、人より敏感な生き物である昆虫の何かを多少狂わせたのではないかと。カナブンはやがて、二匹になった。その虫達は、何度も窓に当り続けていた。コツコツと、その音がいつまでも鳴り続けている。机には最終チェックを控えた原稿があった。目の前に、自分の全部が置かれてるようにも思えた。〆切は明日の午前。

その時のことを、ここに正直に書くのは苦しい。もしかしたら、僕は何かの懺悔のために、これを書いているのだろうか。

僕はその時、彼女の死を完全に忘れたのだった。

彼女の死を、意識の隅より、さらに隅のどこかに僕は追いやっていた。僕は机に向かい、ペンを握っていた。そこまでは覚えているけど、実は、そこから自分がどう加筆していったのか、正確に思い出すことができない。ただ認識としてあるのは、あの時、僕は異常に集中していたということだった。僕は気がつくとベッドで仮眠をしていて（ちゃんとシャワーまで浴びていた）、時計を見、慌てて原稿を確認すると、原稿は当初僕が思っていた通りに加筆されていた。ぼんやりだけど、確かに自分がそう書いた、という感触だけはあった。

原稿をカバンに入れ、ホテルを出た。編集者に、近くの喫茶店まで受け取りに来てもらっていた。

実はその時のやり取りも、あまりよく覚えていない。コーヒーのお代わりをしようとし、でも編集者が急いでいるのを隠してると気づき、それをやめたことだけは覚えている。あとから編集者に聞けば、でも僕はいつもと何の変わりもなかったらしい。喫茶店を出る。あの時僕は一人で歩いていたから、きっと喫茶店か駅かどこかで編集者と別れたのだろう。僕は足を進めながら、ベンチを探していた。座るためのベンチ。雨が降っていたから、傘をさしている。池袋の芸術劇場がある西口の公園で、僕は濡れたベンチを見つける。座った時、原稿を編集者に手渡した時の、手の感触を思い出した。僕はカバンの中を見る。原稿はもう入っていない。確かに自分はあの原稿を、編集者にもう手渡している。一息つくように息を吐いた時、涙が込み上げてきて、気がつくと泣いていた。塞き止めていたものが、突然流れ出てきたように思えた。

あれはどういう涙だったのだろう。自分で分析するのではなく、あの時思ったことをそのまま書いてみようと思うのだけど、まだ四十歳じゃないか、と僕は何度も思っていた。悲しいというより、悔しいという感覚だった。まだ、色んなことができたはずだった。僕が最後に会ったあの日は、友人からの話では、彼女が術後から受けている定期的な検査の、数日前ということだった。体調に、何だか嫌な感触があるとも、その友人だけには言っていたらしい。そうであるなら、彼女は、もしかしたらあの会が、皆と会う最後になるかもしれないと少し意識していたかもしれない。僕達にそんな認識はなかったけど、彼女の中では、そう思っていたかもしれない。自分がそのような状態であったのに、彼女は僕の乗り物酔いまで気遣っている。命という圧倒的なレベルでの悩みを抱えながら、僕の小さなそんなことにまで。あの日、僕は彼女に何か興味深い話でもすることができただろうか。友人とは言えない間柄だったかもしれないけど、知人としての役割を、僕は薄いながらも果たすことができていただろうか。不愉快にさせなかっただろうか。たとえば何かの冗談を、何かの面白い話を、僕は言っただろうか。笑いは身体にいいのだ。僕も体験している。一つでも二つでも、彼女を笑わすことがあの日できただろうか？　三つでも四つでも？

　僕はそんな彼女の死を、完全に忘れたのだった。彼女の死を悲しみながら何とか原稿を完成させたのではなく、完全に忘れることで、言わば自分が思っている通りに、完璧に、原稿を完成させたのだった。そう思うと、なかなか泣き止むことができなかった。僕はそのような人間だったろうか？　ウジウジするタイプのはずなのに？　しかも充実感まであった。いい原稿が書けたという誤魔化しきれない充実感があった。それほど小説家という仕事が好きなのだろうか？　人の死を忘れてまで？　酔ってトラックに飛び出そうとしたくせに？　発表の後はほとんど苦痛しかないのに？　何が望みなんだろう？　毎日も苦しいのに？　僕は何になろうとしているんだろう？

　その時思い出したのは、初めて志賀直哉を読んだ時のことだった。二十五歳でデビューして間もなく、志賀直哉を一度も読んだことがないのに、『この作家は志賀直哉を〜』と書かれているのを見つけ、興味が湧いて手に取った。なぜ読んでなかったかというと、僕は太宰治が好きで、太宰が酷く志賀直哉を嫌っていたので、じゃあ僕も読まない、と意味不明に思っていたからだった。取りあえず『暗夜行路』を手にする。読みながら、何とも嫌な書き方だと思った。

事件性の少ない、起伏の少ない物語の中で、主人公の子供の残酷な死が、まるで物語にそういう起伏を与えるためだけに書かれているように思えた。だらけてくる物語の中で、その子供が助かるのか、死んでしまうのか、という要素で小説に緊張感を与え、その後のさらなる「暗夜」へのたたみかけの助走のようにしている。まだ若い僕は、こういう興味の引かせ方は下品だと感じた。でもその後に知った事実で、愕然とする。志賀直哉は、実際に自分の子供を亡くしていたのだった。

何ということを書く人だろう？　自分の子供を亡くしてしまったのなら、そのことを書くのは作家として必然だと思う。でもそのことを、緻密で生々しい残酷な文体を使い、小説を完成させるための要素として、全てを芸術に捧げるかのように書くとはどういうことだろう？　志賀直哉は血も涙もない人間なのだろうか？　いや、恐らくそうではない。志賀直哉は、子供の死に心の底から嘆き悲しんだはずだ。なのにそのことを、あんな風に書く。作家とは、どういう種族の人間だろう？　デビューしたばかりの二十五歳の僕は、途方に暮れることになった。

　真っ白な原稿用紙、僕で言えば真っ白なパソコンの画面には、確かにあらゆる倫理に先行した何かがある。それが許されている、というのではない。許されていなかったとしても、ただそこには、あらゆる倫理から外れた何かが存在した。そこに言葉を書いていく人間に、それはあらがい難い欲求を生まれさせる。欲求ではなく、義務と言った方がいいかもしれない。誰からも望まれていないかもしれない、個人的な義務。小説家が、勝手に感じる義務。自分が知覚した現象を書き、それをこの世界の空間に作品／芸術として出現させなければならない、そう思ってしまう義務。倫理から外れてしまったそういう小説には、恐らく魔力のようなものが宿ってしまう。

　それから真っ白な画面を見るのが怖くなったのだけど、結局僕はその白い世界の中に入り込むことになった。言葉を書いて、言葉を重ねて、そこにある迷宮のような通路に入り込み、どのような領域に自分が行くことができるか。これまでに、色々なことを書いてしまった。僕の人生の出来事も、それを書いたら駄目だろうということまで。作品がよくなるのなら、それでいいと思ってしまっている。何を書いても、いいと思ってしまっている。あらゆる価値より、作品がよくなればいいのではないかと、思ってしまっている。作家にとっては、作品が全部だから。

彼女の死を忘れて書いた小説は、皮肉にも今、人からよく僕の代表作と呼ばれるものになっている。あの時、彼女の死を忘れていなければ、あのような作品には仕上がっていない。もしかしたら、もう後戻りもできないところに、来てしまっているのかもしれない。何も作家が特別な仕事などと言ってるのではない。そんな馬鹿なことを言ってるのではない。プロだろうと何だろうと、白い紙や画面、そしてそこから進んだ言葉の渦の中には、人をおかしくさせる誘いがある。僕はその中に入ってしまっている。そしてそのような僕の変な人生も、いつかは終わるのだ。

ベンチから立ち上がった時も、空は灰色の雲に覆われ、強い雨がいつまでも降り続いていた。だから何度空を見上げても、彼女の言う真っ白い雲の群れを見ることはできなかったけど、僕は小説家だから、せめてその景色を彼女のために想像しようとした。悲しみも間違いも、いつかは上の空に消えるのだろうか。周りの人達が、立ったままの僕を何気なく見ていく。喉が渇き、僕は自動販売機を探すために、ようやくベンチから離れた。歩いて公園を出ようとする。周りの人達はもう僕を見ていない。二年前のことだった。

[初出]

糸杉　「新潮」二〇一三年一月号
嘔吐　「新潮」二〇〇九年一〇月号
三つの車両　「早稲田文学」三号／二〇一〇年二月
セールス・マン　「文藝」二〇一一年冬季号
体操座り　「文藝」二〇一三年春季号
妖怪の村　「群像」二〇〇九年九月号
三つのボール　「新潮」二〇〇八年八月号
蛇　「小説現代」二〇〇七年三月号
信者たち　「小説現代」二〇〇八年五月号
晩餐は続く　「小説現代」二〇〇九年四月号
A　「文藝」二〇一四年夏季号
B　「新潮」二〇一四年六月号
二年前のこと　「群像」二〇一一年一二月号

この本は、僕の十四冊目の単行本になる。

二〇〇七年から、二〇一四年までに書いたものを集めた短篇集。『世界の果て』に続いて、短篇集としては二冊目ということになる（『惑いの森〜50ストーリーズ〜』は、ショート・ストーリー集なので）。

「蛇」「信者たち」は『小説現代』の官能小説の特集に書いたもので、普通の官能小説じゃなくてもいいですか、と質問して、いいですと言われたので、こういうものを書いた。「晩餐は続く」も同誌の今度は「究極の嘘特集」に書いたものになる。なのでこの三篇は、少しだけ他の作品と根幹のようなものが異なっている。

一応書くと、「A」は〝山東省〟とあるから、いわゆる南京ではない。ああいった残酷なことは、何も南京に限ったことではない。短篇集のタイトルを『A』にしたのは、この短篇がこの本を代表しているからではなく、「A」というタイトルが、タイトルを越えその文字が人のように見えるから、それぞれの個人を書いたこの短篇集のタイトルに相応《ふさわ》しいのではないかと(ボールも個人として)思ったからだった。

我ながら、バラエティに富んだ短篇集になっている。前ページの「初出」一覧にある通り、書いた時期も様々だったりするが、短篇同士が緩く繋がっている。定期的に長篇小説を発表しながら、これだけの短篇も書いていたのだと少し驚くことにもなった。自分の人生がほとんどこういう活字に変換されていく生き方を、改めてまざまざと見たようにも感じた。

でもそれでいいと思っている。

この本に携わってくれた人達、そして読んでくれた全ての人に感謝する。僕は本当に読者に支えられている。作家になってもうすぐ十二年になる。共に生きていきましょう。

二〇一四年六月一日

中村文則

中村文則
NAKAMURA FUMINORI

★

一九七七年愛知県生まれ。

二〇〇二年『銃』で新潮新人賞を受賞しデビュー。〇四年『遮光』で野間文芸新人賞、〇五年『土の中の子供』で芥川賞、一〇年『掏摸《スリ》』で大江健三郎賞を受賞。一二年『掏摸《スリ》』の英訳が米紙ウォール・ストリート・ジャーナルの年間ベスト10小説に選ばれる。作品は各国で翻訳され、一四年David L. Goodis賞（米）を受賞。他の著書に『最後の命』『何もかも憂鬱な夜に』『王国』『去年の冬、きみと別れ』など。
＊中村文則公式サイト　http://www.nakamurafuminori.jp/

A《エー》

★

二〇一四年七月二〇日　初版印刷
二〇一四年七月三〇日　初版発行
著者★中村文則
装幀★鈴木成一デザイン室
装画★坂上チユキ「フェニックス」（画像提供＝MEM）
発行者★小野寺優
発行所★株式会社河出書房新社
東京都渋谷区千駄ヶ谷二-三二-二
電話★〇三-三四〇四-一二〇一［営業］〇三-三四〇四-八六一一［編集］
http://www.kawade.co.jp/
印刷★株式会社亨有堂印刷所
製本★小泉製本株式会社
Printed in Japan
落丁本・乱丁本はお取り替えいたします

ISBN978-4-309-02302-1